손바닥 소설 1

손바닥 소설 1

가와바타 야스나리

유숙자 옮김

▲

문학과지성사

옮긴이 유숙자

번역가. 지은 책으로『재일한국인 문학연구』(학술원 우수학술도서),
『재일한인문학』(공저), 옮긴 책으로는 가와바타 야스나리의『설국』
『명인』, 다자이 오사무의『사양』『만년』『옛이야기』『디 에센셜 다자
이 오사무』, 나쓰메 소세키의『행인』(대산문화재단 번역 지원),『유리
문 안에서』, 엔도 슈사쿠의『깊은 강』, 오에 겐자부로의『새싹 뽑기, 어
린 짐승 쏘기』, 쓰시마 유코의『「나」』, 김시종 시선집『경계의 시』, 데
이비드 조페티의『처음 온 손님』, 사토 하루오의『전원의 우울』, 가와
무라 미나토의『전후문학을 묻는다』등이 있다.

문지 스펙트럼 세계 문학

손바닥 소설 1

제1판 제1쇄   2010년 2월 26일
제1판 제5쇄   2017년 3월 13일
개정증보판 제1쇄   2021년 3월 31일

지은이   가와바타 야스나리
옮긴이   유숙자
펴낸이   이광호
주간   이근혜
편집   박지현 홍근철
펴낸곳   ㈜**문학과지성사**
등록번호   제1993-000098호
주소   04034 서울 마포구 잔다리로7길 18 (서교동 377-20)
전화   02) 338-7224
팩스   02) 323-4180(편집)   02) 338-7221(영업)
전자우편   moonji@moonji.com
홈페이지   www.moonji.com

ISBN 978-89-320-3836-0 04830
ISBN 978-89-320-3835-3 04830(전2권)

손바닥 소설 1 차례

손바닥 소설 2 차례

뼈 줍기

골짜기에는 연못이 두 개 있었다.

아래 연못은 은을 불에 녹여 흩뿌린 듯 반짝이는데, 위쪽 연못은 고요히 산 그림자가 가라앉아 초록이 죽음처럼 깊다.

얼굴이 끈적끈적하다. 뒤돌아보니 헤치며 걸어온 풀숲과 조릿대에 피가 떨어져 있다. 핏방울이 꿈틀거릴 듯하다.

다시, 뜨듯하게 출렁거리며 코피가 밀려나온다.

나는 허둥지둥 면 수건을 코에 쑤셔 넣었다. 반듯이 누웠다.

직사광선은 아니지만 햇살을 받은 초록 뒷면이 눈부시다.

콧구멍 안에서 멈춘 피가 기분 나쁘게 되돌아간다. 숨을 쉬니 근질근질하다.

유지매미가 산 가득 울어 젖힌다. 돌연 화들짝 놀란 듯 참매미가 소리를 내지른다.

바늘 하나만 떨어뜨려도 뭔가 무너져 내릴 듯한 7월의

한낮이다. 나는 꼼짝도 할 수 없다.

땀이 배어 나오는 채 드러누워 있자니, 매미의 소란, 초록의 압박, 흙의 열기, 심장의 고동 따위가 머릿속 초점으로 모여든다. 한데 뭉쳐졌나 싶으면 부옇게 흩어져버린다.

그리고 나는 하늘로 쓱 빨려 올라갈 것 같다.

"도련님! 도련님! 도련님—!"

묘지에서 부르는 소리에 나는 벌떡 일어났다.

장례식 다음 날 오전, 할아버지의 뼈를 주우러 와서 아직 뜨듯한 재를 이리저리 뒤적이는 사이 코피가 뚝뚝 떨어지기에, 나는 다른 사람이 눈치채지 못하도록 띠 수건 끄트머리로 코를 눌러가며 화장터에서 작은 언덕으로 올라왔던 것이다.

부르는 소리에 뛰어 내려간다. 은빛으로 반짝이는 연못이 기우뚱 흔들리며 사라진다. 지난해의 마른 잎에 미끄러진다.

"도련님은 정말 태평이구먼. 어디 가 있었던겨? 방금 할아버지의 영혼이 올라왔구먼. 한번 보라니께." 일을 도와주는 할멈이 말한다.

나는 조릿대 숲을 버스럭버스럭 내려가,

"어디?"

코피를 많이 흘린 뒤의 안색과 미끈거리는 수건에 신경을 쓰면서 나는 할멈 곁으로 다가갔다.

감물 먹인 종이를 마구 비벼 구긴 것 같은 손바닥 위 하얀 종이에 놓인 소량의 석회질이 몇 사람의 시선을 모으고 있다.

울대뼈인 모양이다. 애써 그렇게 생각하니 사람 모양인 듯 여겨진다.

"방금 겨우 찾아냈어. 결국 할아버지도 이런 모습이 되었구먼. 유골함에 넣어드리세요."

참으로 어처구니없는 일. ── 여전히 할아버지는 앞 못 보는 눈에 기쁜 빛을 가득 띠고 내가 돌아오는 대문 소리를 맞아주실 것만 같다. 만난 적도 없는 한 아주머니가 까만색 옷차림으로 서 있는 게 신기하다.

옆에 놓인 단지에 다리며 손, 목 등의 뼈가 어지럽게 가득 들어 있다.

울타리도 덮개도 없이 기다랗게 구멍을 팠을 뿐인 화장터다.

타다 남은 불쏘시개의 열기가 독하다.

"자, 묘지로 가요. 여긴 이상한 냄새가 나고 햇빛이 노래요."

어질어질한 머리와 또다시 흘러내릴 듯한 코피가 염려되어 나는 말했다.

뒤돌아보니, 일을 돕는 남자가 뼈단지를 안고 따라온다. 화장터에는 재가 그대로 남아 있고, 어제 장례식 분향

후에 사람들이 모여 앉았던 멍석도 그대로다. 은박지를 바른 대나무도 그대로 우뚝 서 있다.

역시나 할아버지도 간밤의 경야 때, 푸른 화염의 도깨비불이 되어 신사의 지붕에서 날아올라 격리 병원의 병실을 흘러 마을 하늘에 이상한 냄새를 풍기며 갔다고 한다. 무덤으로 가는 길에 나는 그런 소문을 떠올렸다.

우리 집 묘는 마을 묘지와는 다른 곳에 있다. 화장터는 마을 묘지의 한쪽 구석에 있다.

돌탑이 늘어선 우리 집 묘에 왔다.

나는 이제 아무래도 상관없다. 냅다 드러누워 파란 하늘을 호흡하고 싶었다.

골짜기에서 물을 퍼 담아 온 큼직한 구리 주전자를 내려놓으며,

"주인님의 유언이니께, 가장 오래된 조상님 비석 아래 묻어드리게."

할멈이 말했다. 유언이라고 아주 진지하게 말했다.

할멈의 두 아들이 다른 일꾼을 앞지르듯 가장 높은 곳의 오래된 비석을 넘어뜨리고 그 아래를 파헤쳤다.

상당히 깊은 구멍인가 보다. 뼈단지가 깊숙이 내려지는 소리가 났다.

죽은 후에 저런 석회질을 조상님 터에 넣어둔들 죽으면 아무것도 없다. 잊혀가는 삶.

비석이 원래대로 섰다.

"자, 도련님, 작별하세요."

할멈은 작은 비석에 좔좔 물을 끼었었다.

선향이 타는데도 강한 햇살에 피어오르는 연기의 그림자가 없다. 꽃이 시들어 있다.

모두 눈을 감고 합장한다.

나는 사람들의 누런 얼굴을 바라보다 다시 머리가 어질해졌다.

할아버지의 삶 — 죽음.

나는 용수철을 단 듯 힘껏 오른손을 흔들어보았다. 달각달각 뼈 소리가 난다. 작은 뼈단지를 들고 있다.

주인님은 참 애석한 분이셨다. 집안에 큰 도움을 주신 어른이셨다. 마을에서 잊을 수 없는 사람이다. 돌아오는 길에 할아버지 이야기. 그만했으면 좋겠다. 슬퍼하는 건 나뿐일 테지.

집에 남은 사람들도 할아버지를 여의고 외톨이인 내가 앞으로 어떻게 될까, 동정하는 마음속에 호기심이 섞여 있는 듯이 여겨진다.

툭 하고 복숭아가 떨어졌다. 발치에 굴러왔다. 묘에서 돌아갈 때는 복숭아밭 산자락을 돌아서 간다.

이 글은 내가 세는 나이로 열여섯 살 때 일어난 일을 열여덟 살(1916) 때 쓴 것이다. 지금 문장을 다소 다듬으면서 베껴 써보았다. 나로서는 열여덟 살 때의 것을 쉰한 살에 베껴 쓰는 일이 꽤 흥미롭다. 아직 살아 있다는 사실만으로도.

할아버지의 죽음은 5월 24일이었다. 그러나 이 「뼈 줍기」는 7월로 되어 있다. 이러한 각색은 보인다.

신초샤新潮社에서 발행된 「문장일기」에 쓰여 있지만 중간에 한 장이 찢겨 사라졌다. "타다 남은 불쏘시개의 열기가 독하다"와 "자, 묘지로 가요……" 사이에 일기장 두 페이지 분량의 누락이 있는 셈이다. 하지만 누락된 채로 베껴 써두었다.

이 「뼈 줍기」 앞에는 「고향에게」라는 글이 있다. 할아버지와 살았던 마을을 '너'라고 부르며 중학교 기숙사에서 보낸 편지 형식인데, 그저 유치한 감상이다.

이 「고향에게」에서 「뼈 줍기」와 관련된 부분을 조금 뽑아본다.

……그토록 네게 굳게 맹세한 나였는데, 얼마 전 숙부네 집에서 나는 집을 파는 걸 허락했다.

또한 너는 요전에 광에서 커다란 궤짝이며 옷장이 장사꾼 손에 넘어가는 걸 보았으리라.

내가 너를 떠난 뒤 우리 집은 가난한 떠돌이의 거처가 되고, 그 아내가 류머티즘으로 죽은 다음에는 이웃집 광인을 가두는 감옥으로 사용된다고 들었다.

　광 속의 물건들은 시나브로 하나씩 도둑을 맞고, 묘가 있는 산은 둘레가 점점 깎여나가면서 인접한 복숭아밭 땅으로 들어가고, 할아버지의 3주기도 다가왔건만 불단의 위패는 쥐 오줌에 젖어 나뒹굴고 있겠지.

남자와 여자와 짐수레

소년소녀가 길가의 짐수레 양쪽 끝에 네댓 명씩 나란히 올라타고 수레의 굴대를 끼익끼이익 소리가 나도록 쿵덕쿵덕 시소 놀이에 저녁밥을 잊고 있었다. 남자아이는 여자아이의 어깨에 단단히 팔을 두르고 여자는 남자의 무릎이나 차대에 손을 짚고, 땅에 발이 닿을 때마다 튕겨져 떠올랐다 다시 가라앉는다 — 이 소소한 풍경을 뉘엿뉘엿 저무는 여름 저녁 빛이 어슴푸레 내리비추고 있었다. 어쩌다 지나는 행인은 걸음이 빨랐다.

"삐이걱, 쿵덕 — 위에는 임금님, 아래에는 거지……" 짐수레 위의 아이들은 시소의 리듬에 맞추어 연신 노래를 불렀다.

느닷없이 두 손을, 끌어안고 있던 두 소녀의 어깨에서 떼고 고개를 뒤로 돌리더니, 열두세 살 남짓한 눈썹이 아름다운 남자아이가 소리쳤다.

"짝을 바꾸자, 한 번."

"어째서? 안 바꿔도 돼. 그건 됐고 좀더 빨리 덜컹덜컹

하자." 서로 등을 돌린 쪽의 한 명이 대답했다.

"안 바꾸면 재미없잖아. 끌채 쪽에 있으면 손해란 말이
야. 높이 안 올라가는걸."

"어머나! 거짓말, 거짓말이야. 한번 봐봐, 똑같은 곳까지
올라가잖아." 유독 눈에 띄게 아름다운, 역시나 열두세 살
소녀가 어깨까지 내려오는 단발머리를 찰랑대며 뒤돌아보
고 말했다.

"유리코는 아무 말 하지 마. 수레 뒤에 앉은 사람끼리는
높고 낮은 걸 알 리 없잖아. 하지만 난 봤는걸. 끌채 쪽이 손
해야."

"다쓰오도 알 리 없잖아."

"짝을 안 바꾸면 난 싫어."

"끌채 쪽이어도 손해 볼 거 없어. 귀찮다고. 좀더 빨리
덜컹덜컹하자."

"싫어."

"싫음 관둬. 어째서 싫은지 훤히 알고 있으니까. 야! 유
리코하고 짝이 되고 싶은 거지?" 유리코의 어깨를 껴안고
다쓰오와 다투던 소년은 독설을 내뱉었다. 다쓰오는 냅다
수레에서 뛰어내려 끌채를 두 손으로 잡더니, 바로 그 순간
뒤돌아보는 유리코와 재빨리 눈길을 나누고 얼굴을 붉히면
서도 아름다운 눈썹에 뚜렷한 적의를 띠고 대답했다.

"너도, 그러는 너도 유리코하고 짝이 되고 싶지? 그래서

바꾸는 게 싫은 거지?"

수레에서 내려와 뺨이 발그레한 채 서 있던 유리코는
당차게 단호히 뜻밖에도 다쓰오의 말싸움 상대에게 말했다.

"난 슌상처럼 말하는 사람 싫어. 난 그냥 다쓰오랑 짝이
될래."

"쳇, 여자아이가 무슨 시소야! 말괄량이!" 슌상은 발끈
했다.

"안 돼?"

"안 돼. 수레 주인이 와도 여자는 도망칠 수가 없잖아.
얻어맞아도 난 몰라."

"누가 때리는데? 수레 아저씨는 우리 집에 자주 오시
는걸."

"그게 무슨 대수라고. 나도 수레를 탔었어."

"어머 진짜? 언제?"

슌상과 유리코의 대화를 흘려들으며 마음이 차분해진
다쓰오는 실컷 놀지 못한 아쉬움에 부드럽게 말했다.

"짝 같은 건 아무래도 좋아. 한 번 더 하자. 응?"

"응, 좋아. 근데 난 다쓰오랑 짝이 될 거야."

얄미운 유리코에게 어린 슌상은 상처 입었고, 완전히
납작 뭉개지고 말았다.

"기껏 여자인 주제에. 여자애하곤 짝이 되고 싶지 않아.
여자애랑 짝이 되고 싶은 녀석이 있을라고. 다쓰오, 남자끼

리만 짝하자. 응?"

"아무래도 좋아. 빨리 하자." 다쓰오는 순상의 말을 고분고분 들어줄 여유가 있었다.

"좋아. 다쓰오랑 짝 안 할래. 아무하고나 짝해."

"근데 따로따로는 안 될걸. 여자 쪽이 가벼워서 재미없다고." 순상이 말했다.

그래, 꼭 이렇다니까, 순상은 바보야! 이런 눈동자의 불꽃을 유리코는 다쓰오에게 던졌지만, 다쓰오는 소녀의 마음에 흡족한 눈빛으로 답하지 않았기 때문에 유리코가 말했다.

"여자는 가볍지 않아."

"그게 무슨 말이야? 가벼워! 겁쟁이는 가벼워." 거듭 상처 입은 순상의 눈이 날카로워졌다.

"가볍지 않아. 그럼 무게를 겨뤄볼까?"

다쓰오는 차분히 참견했다.

"유리코는 고집쟁이. 그만둬. 질 게 뻔해."

"다쓰오는 겁쟁이. 질 턱이 없어. 그렇지?"

유리코는 여자애들을 돌아다보았다. 세어보니 소년이 다섯, 소녀가 다섯, 하지만 세 명을 제외하고는 다들 두세 살 어린 아이들뿐이다.

"건방지기는. 자, 하자, 하자. 다쓰오, 해보자, 어느 쪽이 무겁나."

유리코는 앙증맞게 실눈을 하고 살짝 생각하는 얼굴을 보이더니 갑자기 천진스레 미소 짓고는 몸을 들썩이며 말했다.

"좋아, 좋아. 절대 안 질 테니까 두고 보라지. ─ 자, 어서들 와."

유리코는 달려 나가 끌채의 앞쪽을 잡았다. 그리고 불러 모은 여자아이들에게 귓속말을 하며 키득키득 웃었다.

"꾀쟁이, 꾀쟁이. 유리코 꾀부리면 안 돼. 끌채 끝은 안 돼. 수레를 잡아야 해."

다쓰오가 모든 걸 잊어버린 듯 소리쳤다.

"근데 그렇게 하면 지잖아. 난 괜찮은데 다른 애들은 아직 어린걸."

슌상도 가만히 있지 않았다.

"꾀부릴 거면 관둬. 여자는 약아빠졌어."

"니들은 남자잖아. 이러면 이길 수 없겠지? 남자인 주제에, 겁쟁이!"

"이길 수 있어. 건방진 말 하지 마, 말괄량이!"

슌상도 지고만 있지 않았지만 수레 뒤쪽에 매달린 남자들의 발은 쉬 땅에서 멀어져 몸이 붕 떴다. 굴대에서 먼 끌채의 유리코와 여자애들은 환호성을 질렀다.

"이겼다, 이겼다! 꼴 좀 봐. 남자는 겁쟁이, 남자는 겁쟁이!"

"지지 않아! 절대 안 져!" 순상은 큰소리치며 남자아이들에게 무언가 속삭이더니 느닷없이,

"자, 하나 둘 셋!" 하고 외치자 다섯 남자가 일제히 팔과 배에 한껏 힘주어 수레를 세게 눌렀다.

그 순간, 끌채를 잡고 있던 손이 냅다 쳐올려지는 바람에 유리코는 손을 놓고 말아 털썩 땅바닥으로 떨어졌다. 똑바로 누운 유리코의 화려한 유카타*가 바람에 나부끼듯 말려 올라가 앞섶이 벌어졌다. 재빨리 옷자락을 여미고 빙그르르 몸을 돌려 엎드린 채 양쪽 옷소매로 얼굴을 가리고는 훌쩍훌쩍 울며 일어나지 않았다.

다른 여자는 손을 놓지 않았기 때문에 다행이었다.

"어떡해!"

깜짝 놀란 소년소녀들은 넘어진 유리코 곁으로 달려들었다. 유리코의 얼굴을 살피고 그저 넘어졌을 뿐이라고 확인한 순상은 말했다.

"울보! 이래서 여자는 겁쟁이야. 툭 하면 운다니까."

이 말을 들은 유리코는 단박에 몸을 일으켰으나 양쪽 소맷자락은 얼굴에서 떼지 않은 채 울먹거리며 띄엄띄엄 말했다.

* 두루마기 모양의 긴 무명 홑옷. 목욕 후 또는 여름철에 평상복으로 입는다.

"두고 보라지, 아빠한테 다 일러바칠 테니까. — 엄마가 그랬어, 순상네 같은 집, 그런 애하고는 — 같이 놀지 말라고. — 근데 다쓰오도 너무해. 너무해."

그러고는 몸을 획 돌려 벽오동나무가 많은 양옥집 대문으로 달려가더니 문짝에 얼굴을 납작 갖다 대고, 어깨를 파르르 떨었다.

"집이 어때서? 너네 집은 촌뜨기야. 난 너네 아빠를 알지도 못해."

이렇게 말하고 순상은 다른 아이들을 부추기듯 시소를 계속하든지, 다른 새로운 놀이를 시작하자고 한껏 애썼다. 하지만 다쓰오도 소년소녀들도 대문에 매달려 울고 있는 유리코가 신경 쓰였다. 그리고 집을 떠올렸다.

심드렁한 낯으로 순상은 대문에 다가선 채 문을 열려고 하지 않는 유리코의 마음을 읽었던 것일까, 불쑥 여자에게 달려가 여자의 귀에 입을 가까이 대고는, 소녀가 어깨를 비틀고 얼굴을 딴 데로 돌리는데도 끌어안다시피 끈질기게 속삭였다.

유리코는 가볍게 끄덕이고 나서 순상과 똑바로 눈을 마주 바라보며 짐짓 쑥스러운 듯 웃고는 다시 한번 끄덕였다. 그리고 순상과 유리코는 짐수레가 있는 곳으로 되돌아왔다.

이번엔 다쓰오와 순상과 유리코와 한 소녀가 팀이 되었고, 짐수레의 반대편에 나이 어린 아이들 여섯 명이 걸터앉

앗다. 다쓰오와 순상은 유리코의 어깨에 팔을 올리고 시소를 시작했다.

5분, 느닷없이 굵직한 빗방울이 벚나무에 후드득 떨어지면서 땅을 점점이 적시고 짐수레를 두드렸다. 이제까지 아이들은 시커먼 하늘을 올려다보는 것을 잊고 있었다.

"어머! 소나기잖아! 차가워. 옷이 젖었어. 젖었어."

"비가 뭐 어떻다고. 젖어서 뭐 어떻다고."

몸을 일으키려는 여자의 어깨에 걸친 팔에 힘주어 꽉 누르고 애태우면서, 소년들은 덜컹덜컹 시소의 속도를 높였다.

"싫어, 싫단 말이야. 차가워. 야단맞을 거야."

소나기는 점점 더 세차게 서늘하니 거리를 물들였다.

"비가 오니까 가자……!" 순상이 소리치며 펄쩍 뛰어내리자, 남자애들은 쏜살같이 흩어졌다.

"어머! 너무해!"

쏟아져 내리는 빗속의 짐수레에 내버려진 유리코가 외쳤다.

양지

스물네 살 가을, 나는 바닷가 여관에서 한 아가씨를 만났다. 사랑의 시작이었다.

아가씨가 불쑥 고개를 똑바로 든 채 소맷자락을 들어올려 낯을 가렸다.

또 내가 나쁜 버릇을 보이고 말았군, 나는 그 모습을 보며 알아챘다. 쑥스러움에 얼굴을 찡그렸다.

"역시 얼굴을 보나?"

"네. ─ 그래도 아주 심한 정도는 아니에요."

아가씨의 목소리가 나긋하고 말투가 재미있어서 나는 마음이 좀 놓였다.

"기분 나빠?"

"아뇨. 괜찮기는 하지만 ─ . 괜찮아요."

아가씨는 소맷자락을 내리고 내 시선을 받으려는 가벼운 노력이 비친 표정을 지었다. 나는 눈길을 돌려 바다를 보았다.

내겐 곁에 있는 사람의 얼굴을 말끄러미 쳐다봐서 사람

들을 민망하게 만드는 버릇이 있다. 고쳐야지 생각은 늘 하면서도 가까이 있는 사람의 얼굴을 보지 않는다는 것은 이미 고통이 되고 말았다. 그리고 이 버릇을 내보이고 있는 자신을 깨달을 때마다 나는 극심한 자기혐오를 느낀다. 어릴 적에 부모님과 집을 잃고 남의 집 신세를 져야 했을 때 나는 사람들의 안색을 읽는 데만 열중한 게 아닌가, 그래서 이렇게 된 게 아닌가 여겨지기 때문이다.

언젠가 나는 이 버릇이 내가 남의 집에 떠맡겨진 다음에 생겼는지, 그전에 우리 집에 머물던 때부터 있었는지 골똘히 생각해봤는데, 이에 대해 분명히 답해줄 만한 기억은 떠오르지 않았다.

— 그런데 그때 아가씨를 보지 않으려고 내가 눈길을 준 바다의 모래사장은 가을 햇살에 물든 양지였다. 이 양지가 불현듯 묻혀 있던 옛 기억을 불러냈다.

부모님이 돌아가신 뒤 나는 할아버지와 단둘이 10년 남짓 시골집에서 살았다. 할아버지는 장님이었다. 할아버지는 몇 년씩이나 똑같은 방, 똑같은 자리에서 화로를 마주하고 동쪽을 향해 앉아 계셨다. 그리고 이따금 고개를 움직여 남쪽을 향했다. 얼굴을 북쪽으로 향한 적은 결코 없었다. 한번은 할아버지의 이 버릇을 눈치채고 나서, 고개를 한쪽으로만 움직인다는 사실이 몹시 신경 쓰였다. 자주 한참 동안 할아버지 앞에 앉아 한번 북쪽으로 향하지는 않을까 싶어 가만히 그 얼굴을 지켜보았다. 하지만 할아버지는 5분마다 고개를 오른쪽으로 움직이는 전기 인형처럼 남쪽으로만 향하기에 나는 심심하기도 하고 기분도 언짢아졌다. 남향은 양지다. 남향만이 장님한테도 어렴풋이 환하게 느껴지나 보다, 나는 그렇게 생각했다.

— 잊고 있던 이 양지의 기억을 방금 떠올렸다.

북쪽을 향해주기를 바라면서 나는 할아버지의 얼굴을 응시했고, 상대가 장님인 탓에 자연스레 내 쪽에서 그 얼굴을 말똥말똥 쳐다보기 일쑤였던 것이다. 그것이 사람 얼굴을 보는 버릇이 되었다고 이 기억으로 깨달았다. 내 버릇은 우리 집에 있던 무렵부터 생겼다. 이 버릇은 나의 비굴한 마음의 흔적이 아니다. 그리고 이 버릇을 갖게 된 나를, 마음 놓고 스스로 불쌍히 여겨도 좋지 않은가. 이런 생각은 펄쩍 뛰어오르고 싶을 만큼 내게 큰 기쁨이었다. 아가씨를 위해 자신을 말끔히 해두고 싶은 마음이 간절한 무렵이었으니 더욱 그랬다.

아가씨가 다시 말했다.

"익숙해지긴 해도 좀 부끄러워요."

그 목소리는 상대의 시선을 자신의 얼굴로 되돌려도 좋다는 의미를 담고 있는 듯이 들렸다. 아가씨는 안 좋은 모양새를 보였다고, 아까부터 그리 여긴 모양이었다.

밝은 얼굴로 나는 아가씨를 보았다. 아가씨는 약간 낮

이 발그레해지며 새침한 눈빛을 띠고,

　"내 얼굴, 이젠 날마다 밤마다 전혀 신기하게 보일 리 없을 테니 안심이에요." 애티 나게 말했다.

　나는 웃었다. 아가씨와 갑자기 더 친밀해진 느낌이었다. 아가씨와 할아버지의 기억을 데리고, 모래사장의 양지로 나가고 싶어졌다.

약한 그릇

시내 네거리에 골동품 가게가 있었다. 관세음 도자기 조각상이 가게와 도로 사이에 서 있었다. 키가 열두 살 소녀만 했다. 전차가 지나가면 가게의 유리문과 함께 관세음의 차가운 살결도 파르르 떨린다. 그 조각상이 길에 쓰러지지는 않을까, 나는 그 앞을 지날 때마다 가벼운 신경증을 앓았다. ── 그러다 꾼 꿈.

관세음의 몸이 똑바로 나를 향해 쓰러졌다.

기다랗게 살포시 늘어뜨린 하얀 팔을 느닷없이 쑥 내밀더니 내 목을 껴안았다. 무생물이던 팔만 생물이 되어버린 징그러움과 도자기의 차디찬 피부 감촉에 나는 그만 홱 물러섰다.

소리는 들리지 않고 관음상이 도로에 깨져 산산조각 나 있다.

그 조각들을 그녀가 줍고 있다.

그녀가 작게 웅크리고 앉아 반짝반짝 흩어진 도자기 조

각들을 분주히 주워 모으고 있다. 그녀의 모습이 나타난 데 깜짝 놀라 뭐라 변명을 하려고 입을 막 떼려는 참에, 퍼뜩 잠이 깼다.

관세음이 쓰러지고 나서 한순간에 벌어진 일 같다.

나는 이 꿈에 의미를 붙여보았다.

"너희도 아내 대하기를 약한 그릇 다루듯 하라."

『성경』에 나오는 이 말이 그 무렵 내 머리에 자주 떠올랐다. '약한 그릇'이라는 표현에서 나는 늘 도자기 그릇을 연상했다. 그리고 아울러 그녀를 연상했다.

젊은 처녀는 참으로 깨지기 쉽다. 사랑을 한다는 것 그 자체가 보기에 따라서는 젊은 여자가 깨지는 일이다. 이런 식으로 나는 생각했다.

— 그리고 지금 내 꿈속에서 그녀는 그녀 자신의 깨진 조각들을 분주히 주워 모으고 있는 게 아닐까.

불을 향해 가는 그녀

저 멀리 호수가 아련히 반짝인다. 오래된 정원의 썩은 샘물을 달밤에 보는 것 같은 빛깔이다.

호수 건너편 둔덕 숲이 고요히 불타오른다. 불은 순식간에 번져간다. 산불인 모양이다.

물가를 장난감처럼 달리는 증기 펌프가 또렷이 수면에 비친다.

언덕을 시커먼 인파가 끝없이 올라온다.

정신을 차리니, 주변 공기가 소리 없이 바싹 마른 듯 환하다.

언덕 밑 시내 일대는 불바다.

— 그녀가 빼곡한 사람들의 무리를 휘휘 가르며 홀로 언덕을 내려간다. 언덕을 내려가는 이는 그녀 한 사람뿐이다.

신기하게도 소리 없는 세계이다.

불바다를 향해 똑바로 치닫는 그녀를 보며, 나는 안절부절못한다.

그때, 말로써가 아닌 그녀의 마음과 참으로 분명한 대화를 나눈다.

"어째서 당신만 언덕을 내려가는 거지? 불에 타 죽을 셈인가?"

"죽고 싶진 않아요. 하지만 서쪽엔 당신의 집이 있잖아요. 그래서 난 동쪽으로 가요."

화염 가득한 내 시야에 까만 한 점으로 남은 그녀의 모습을, 내 눈을 찌르는 통증처럼 느끼며 나는 잠을 깼다.

눈꼬리에 눈물이 흘렀다.

내 집이 있는 방향을 향해 걷는 것조차 싫다는 그녀의 말을 이미 난 잘 알고 있었다. 그녀가 어떻게 생각하건 상관없다. 하지만 나로서는 이성에 채찍질하여, 나에 대한 그녀의 감정이 싸늘히 식어버렸다고 겉으로는 체념하고 있었다고 해도, 그녀의 감정 어딘가에 나를 위한 한 방울이 있으려니 하면서 실제의 그녀와는 무관하게 오직 나 자신 제멋대로 생각하고 싶었다. 그러한 자신을 호되게 냉소하면서도 은밀히 담아두고 싶었다.

그렇지만 이런 꿈을 꾼 걸 보면, 그녀의 마음이 눈곱만치도 내게 없다고 나 자신의 마음 구석구석까지 굳게 믿어버리고 만 것일까.

꿈은 나의 감정이다. 꿈속 그녀의 감정은, 내가 지어낸 그녀의 감정이다. 나의 감정이다. 게다가 꿈에는 감정의 허세나 허영이 없잖은가.

이런 생각에, 나는 쓸쓸했다.

톱과 출산

어찌 된 셈인지, 아무튼 그곳이 이탈리아라는 건 알고 있다. 언덕 위는 줄무늬 양산 같은 천막이 쳐져 있고, 그 위에 깃발이 5월의 갯바람에 나부끼고 있다. 초록 숲 아래는 푸른 바다다. (이즈산伊豆山 온천의 해안을 닮았다.) ── 천막 안에 공중전화 같은 건물이 있다. 그 건물은 배표 파는 곳 아니면 세관 사무소라는 느낌이 드는데, 사실 나는 그 창구에서 막대한 금액의 외국 돈을 막 건네받은 참이다. 누런 마분지 꾸러미로 왼쪽 손바닥을 탁탁 세게 친다. 안에 외국 돈이 있다고 느낀다. 그러자, 곁에 거무스름하고 평범한 양장 차림으로 그녀가 서 있다. 말을 건네려고 한다. 그녀가 일본 인인 줄 잘 알고 있으면서도, 나 자신이 이탈리아 말을 잘 모른다고 생각해 그녀를 바라본다.

그리고 어찌 된 일인지 무대는 내 고향 농촌으로 옮겨졌다.

대문이 멋들어진 농가의 마당에 구경꾼이 열 명 남짓 모여 있다. 그들은 모두 고향의 지인들이었지만, 눈을 떴을 때는 누가 누구였는지 기억이 나지 않는다. 아무튼 무슨 이유에선가 나와 그녀는 서로 결투를 해야 하는 상황이다.

전장에 나서기 전에 나는 소변이 마렵다. 사람들이 보고 있는 터라 기모노에 손을 올린 채 몹시 난처하다. 문득 뒤돌아보니, 마당 한가운데서 이미 나는 시퍼런 칼날을 번뜩이며 그녀와 싸우고 있다. 그걸 본 이쪽의 나는, 꿈속인데도 섬뜩하다.

"자신의 환영, 자신의 분신, 자신의 이중인격을 본 자는 죽는다."

제2의 내가 그녀의 칼에 죽임을 당할 것 같은 느낌이다. 그녀의 무기는 톱 모양이다. 나무꾼이 거목을 베어 쓰러뜨리는 폭 넓은 톱 같은 칼이다.

어느 틈엔가 나는 소변을 잊고, 제2의 나와 하나가 되어 그녀와 칼날을 맞부딪치고 있다. 그녀의 화려한 장식 같은 무기를 막아낼 때마다 나의 검이 그녀의 칼날에 쩡그렁 맞물린다. 그러다 보니 그녀의 톱 모양 검의 칼날이 들쭉날쭉 망가지고 말아, 완전히 진짜 톱이 되어 있다. 분명히 이런 말이 떠오른다.

"이로써 톱날이라 이름하노라."

즉 이 결투로 톱의 발명에 이르렀다니 우습다. 결투이건만 나는 멍하니 활동사진의 난투 장면을 보는 것 같은 기분으로 칼부림하고 있다.

이윽고 나는 마당 한가운데에 벌렁 나자빠져 그녀의 톱을 두 발바닥으로 꽉 움켜잡은 채, 옴짝달싹 못 하는 그녀를 희롱하고 있다.

"난, 아기를 낳은 지 얼마 안 돼서 힘이 없어요."

과연! 그녀의 아랫배에 넉넉한 주름이 후줄근하니 늘어져 있다.

나는 바위를 깎아낸 해변 길을 경쾌하게 달리고 있다. (기이紀伊의 유자키湯崎 온천 해변을 닮았다.) 달리고 있는 나는 그녀의 아기를 보러 간다고 느낀다. 곶 끄트머리 바위 굴 속에 갓 태어난 아기가 잠들어 있다. 갯냄새가 초록빛 등불 같다. 그녀가 아름답게 미소 지으며 말한다.

"아기를 낳는 것 따위 아무것도 아니에요."

나는 해맑은 기쁨으로 그녀의 어깨를 잡으며 말한다.

"알려주자. 그래, 그녀에게 알려주자."

"알려주자고요. 아기를 낳는 것 따위 아무것도 아니라고 알려주자고요."

이번엔 그녀가 이중인격이 되어 있다. 거기 있는 그녀가, 어딘가에 있는 그녀에게 알려주자고 말한다.

잠에서 깼다. —벌써 5년이나 나는 그녀를 만나지 않았다. 그 행방도 알 수 없다. 아이를 낳을 거라는 따위의 공상은 내 머리를 스친 적도 없다. 그러나 이 꿈은 나와 그녀 사이의 무언가를 잘 암시하는 듯 여겨졌다. 나는 이부자리에서 머리에 아직 남아 있는 산뜻한 기쁨을 닮은 기분을 즐기면서 깨어난 꿈을 꾸었다. 그녀는 어딘가에서 누군가의 아이를 낳게 될까.

메뚜기와 방울벌레

대학의 벽돌 담장을 따라 걷다가 담장을 벗어나 고등학교 앞에 이르자, 하얀 막대기를 세워 둘러친 교정의 거뭇한 벚나무 아래 어둑한 풀숲에서 벌레 소리가 들려온다. 벌레 소리에 언뜻 걸음을 늦추어 귀 기울였다가, 벌레 소리를 못내 아쉬워하며 고등학교 뜰에서 멀어지지 않으려고 길을 오른쪽으로 돌아 다시 왼쪽으로 꺾으니, 막대기 대신 탱자나무가 심긴 둑이 시작된다. 왼쪽으로 꺾은 모퉁이에서, 뭐지? 하고 반짝이는 눈길을 앞으로 던지며 나는 바삐 종종걸음을 쳤다.

앞쪽 둑 자락에 앙증맞은 오색 초롱 불빛 더미가 쓸쓸한 시골 축제처럼 흔들리고 있었기 때문이다. 다가가지 않아도 아이들이 둑의 풀숲에서 벌레를 잡고 있는 줄 알겠다. 초롱 등불은 스물 남짓. 그리고 초롱 하나하나가 주홍·분홍·쪽빛·초록·자주·노랑 등불을 켜고 있을 뿐 아니라 등불 하나가 오색 불빛을 밝히고 있다. 가게에서 샀음 직한 자그마한 붉은 초롱도 있다. 하지만 대부분은 아이들이 머리를 짜내어 손수 만든 앙증맞은 사각 초롱이다. 이 쓸쓸한 제 방에 스무 명의 아이가 모여 아름다운 등이 흔들리기까지는 어떤 동화가 있어야만 한다.

동네 아이 하나가 어느 날 밤 이 둑에서 벌레 울음소리를 들었다. 다음 날 밤에 붉은 초롱을 사서 벌레가 우는 곳을 찾았다. 다음 날 밤에는 아이가 둘이었다. 새로 온 아이는 초롱을 살 수 없었다. 작은 종이 상자의 겉과 안을 오려내어 종이를 붙이고 바닥에 양초를 세웠고, 꼭대기에 끈을 달았다. 아이가 다섯이 되고 일곱이 되었다. 종이 상자를 오려낸 채광창 종이에 알록달록 그림 그리는 걸 깨우쳤다. 그리고 똘똘한 어린 미술가들은 종이 상자 군데군데를 동그랗게 삼각으로 마름모꼴로 나뭇잎 모양으로 오려내어, 작은 채광창에 각각 다른 색깔을 입히고 그 위에 둥글게, 마름모꼴, 다홍색, 초록 등을 사용해 제법 그럴싸한 장식 모양을 만들었다. 홍등을 샀던 아이도 가게에서 살 수 있는 밋밋한 초롱을 버리고, 손수 만든 등롱을 가진 아이도 단순한 초롱을 버렸다. 어젯밤 손에 들었던 불빛 모양은 이튿날이면 금세 성에 차지 않아, 낮에는 종이 상자와 종이와 그림 붓과 가위와 칼과 풀을 늘어놓고 날마다 새로운 초롱을 정성껏 만들고는, 나의 초롱아! 제일 멋지고 아름다워라! 하면서 밤의 곤충 잡이에 나서는 것이리라. 그리하여 내 눈앞에 스무 명의 아이와 아름다운 초롱이 나타난 게 아닐까.

나는 눈을 휘둥그레 뜬 채 멈춰 섰다. 사각 초롱에는 예스러운 무늬로, 꽃 모양으로 잘라낸 종이가 붙었을 뿐만 아니라, 이를테면 '요시히코' '아야코' 같은 제작자의 이름이 가타카나로 박혀져 있었다. 홍등에 그림을 그린 것과 달리 두툼한 종이 상자를 오려내어 거기에 종이를 붙였으니, 그 무늬만 창문이 되어 무늬 그대로의 색깔과 모양으로 양초 불빛이 새어 나온다. 그러한 스무 개의 등이 풀숲을 내리비추고 아이들은 죄다 열중해서 벌레 소리를 찾아 제방에 웅크리고 앉았다.

"메뚜기 갖고 싶은 사람! 메뚜기!" 저 혼자 다른 아이들과 멀찍이 떨어진 데서 풀을 들여다보고 있던 남자아이가 발돋움하고서 불쑥 외쳤다.

"나 줘! 나 줘!"

예닐곱 명이 쪼르르 달려와 곤충을 발견한 아이 뒤를 겹겹이 둘러싼 채 풀숲을 들여다보았다. 그리고 달려온 아이들이 내미는 손을 뿌리치고 곤충이 있는 풀숲을 수호하는 자세로 두 손을 펼쳐 우뚝 선 남자아이는 오른손의 초롱을 흔들며 또다시 멀찍이 떨어진 저쪽 아이들에게 소리쳤다.

"메뚜기 갖고 싶은 사람! 메뚜기!"

"나 줘! 나 줘!"

네다섯 명이 달려왔다. 정말이지 메뚜기조차 귀할 만큼 곤충이 잡히지 않는 모양이다. 남자아이는 세 번 불렀다.

"메뚜기 갖고 싶은 사람!"

두세 명이 다가왔다.

"나 줄래? 나 줘."

뒤늦게 다가온 여자아이가 곤충을 발견한 남자아이 뒤에서 말했다. 남자아이는 살짝 뒤돌아보고는 순순히 몸을 숙이고 초롱을 왼손에 바꿔 들고는 오른손을 풀 사이로 넣었다.

"메뚜기야."

"알았으니까 나 줘!"

남자아이는 몸을 일으키고는 꽉 쥔 주먹을, 이것 봐! 하듯 여자아이 앞에 쑥 내밀었다. 여자아이는 왼손에 들고 있던 초롱 끈을 손목에 걸치고 두 손으로 남자아이의 주먹을 감쌌다. 남자아이가 가만히 주먹을 펼친다. 곤충은 여자아이의 엄지와 검지 사이에 들려 있다.

"어머! 방울벌레잖아. 메뚜기가 아니야." 여자아이는 자그마한 갈색 곤충을 보며 눈을 반짝거렸다.

"방울벌레! 방울벌레!"

아이들은 부러워하며 합창했다.

"방울벌레. 방울벌레."

여자아이는 곤충을 준 남자아이에게 초롱초롱 밝은 눈길을 언뜻 던지고 나서, 허리에 늘어뜨린 작은 곤충 바구니를 끌러 그 안에 곤충을 넣었다.

"방울벌레야."

"응, 방울벌레야." 방울벌레를 잡은 남자아이가 중얼거리곤, 곤충 바구니를 얼굴 가까이 올려 들여다보고 있는 여자아이에게 자신의 아름다운 오색 초롱을 높이 들어 불빛을 보태주면서 힐끔힐끔 여자아이의 얼굴을 보았다.

옳거니! 나는 남자아이가 슬며시 밉살스러워지는 동시에 그제야 비로소 아까부터의 남자아이 행동거지가 읽히는 나의 어리석음을 개탄했다. 더구나 앗! 하고 나는 깜짝 놀랐다. 보라! 여자아이의 가슴을. 이것은 곤충을 준 남자아이도, 곤충을 받은 여자아이도, 두 사람을 바라보고 있는 아이들도 미처 알아채지 못했다.

하지만 여자아이의 가슴 위를 비추는 희미한 녹색 불빛은 '후지오'라고 또렷이 읽히지 않는가. 여자아이가 높이 든 곤충 바구니 옆으로 들어 올린 남자아이의 초롱 불빛 모양은, 초롱이 여자아이의 하얀 유카타에 바짝 가까운 탓에 '후지오'라는 남자아이의 이름을 오려낸 자리에 녹색 종이를 붙인 모양과 색깔 그대로 여자아이의 가슴을 비추고 있다. 여자아이의 초롱은 어떤가 보니, 왼쪽 손목에 걸친 채 축 늘어뜨려져 '후지오'만큼 환하지는 않지만 남자아이의 허리께에 흔들거리는 붉은 불빛을 읽으니 '기요코'라고 읽힌다. 이 초록과 붉은 불빛의 유희를 — 유희일까? — 후지오도 기요코도 알지 못한다.

그리고 후지오는 방울벌레를 준 일을, 기요코는 방울벌레를 받은 일을 언제까지나 기억하게 될지라도, 후지오는 자신의 이름이 초록 불빛으로 기요코의 가슴에 써지고 기요코의 이름이 붉은 불빛으로 자신의 허리에 써지고, 기요코는 자신의 가슴에 초록 불빛으로 후지오의 이름이 적히고 후지오의 허리에 자신의 이름이 붉은 불빛으로 적힌 줄을 꿈에도 알지 못하고 기억조차 할 수 없으리라.

후지오 소년이여! 그대가 청년이 되는 날을 맞이했을 때도 여자에게 "메뚜기야"라며 방울벌레를 건네고 여자가 "어머!" 하고 기뻐하는 걸 보며 회심의 미소를 짓기를. 그리고 또 "방울벌레야"라며 메뚜기를 건네고 여자가 "어머!" 하고 슬퍼하는 걸 보며 회심의 미소를 짓기를.

더욱이 또한 그대가 혼자 다른 아이들과 떨어진 풀숲에서 곤충을 찾았던 지혜를 가지고도, 그렇게 자주 방울벌레가 있는 건 아니야. 그대 역시 메뚜기 같은 여자를 잡고서 방울벌레라고 굳게 믿어버리게 될 테지.

그래서 결국은 그대의 마음에 구름이 끼고 상처 입은 까닭에 진짜 방울벌레마저도 메뚜기로 보이고, 메뚜기만이 세상에 가득 차 있는 듯 여겨지는 날이 온다면, 그때야말로 오늘 저녁 그대의 아름다운 초롱의 초록 불빛이 소녀의 가슴에 그린 불빛의 유희를, 그대 스스로 떠올릴 방도를 지니지 못한 것을 나는 유감스럽게 생각하리라.

시계

어느 변호사의 법률 사무소에 근무하던 가난한 법대 졸업생이 시의원의 뇌물 사건 변호와 관련된 일로 뜻밖에 화사한 여자 친구와 조촐한 금전을 동시에 얻었다.

그는 여자와 연극을 보러 갔다.

극장 출구에서 소형 택시를 탔다. 자동차를 타는 건 태어나서 처음이다. 반년 전 온천에 갈 때도 덜컹거리는 마차를 탔고, 승합자동차조차 그는 멀리했다.

비좁은 상자 안에 갇힌 공기, 젊은 여자의 느낌을 고스란히 곁에 지닌 채 바람 소리 없는 차가운 밤을 달리는 자동차 안에서 그의 감정은 오히려 겁먹고 움츠러들고 안절부절못했다. 건성으로 불쑥 말했다.

"그 극장엔 싸구려 택시들만 기다리고 있더군요. 좋은 차가 있는 자동차 업소까지 걷기보다는 이걸로 참는 편이 낫겠지요, 추우니까."

"네."

여자가 짧게 말하며 질문하듯 돌아보기에 그는 한층 재

빨리 덧붙였다.

"하지만 덜컹덜컹 흔들리고 무지 비좁은 데다 되레 춥군요."

그러고는 자신의 무언가를 확인하기라도 하듯, 깔개도 없는 딱딱한 가죽 좌석을 툭툭 쳤다.

"거참 이 모양이라니까요. 견디기 힘들군요."

"그러네요."

여자는 적당한 대답을 미처 찾지 못했다. 그의 기분은 가벼운 자기혐오로 김새고 말았다.

그는 국면을 전환시킬 셈으로 느닷없이 대뜸 손을 내뻗어 여자 무릎에 놓인 팔을 뒤집어 보였다.

"지금 몇 시?"

뜻밖에 여자가 날카롭게 소리쳤다.

"어머, 안 돼요! 이 시계!"

그는 깜짝 놀라 손을 움츠렸다. 여자는 얼굴을 붉혔다.

"이 시계는 정말 싫어요. 가느다란 팔에 모양이 너무 크고 일본제예요. 국산이죠. 게다가 구식이고. 제가 시계를 찬 걸 언제 보신 거예요? 소매 깊숙이까지 보고 계셨나 봐요."

그는 어안이 벙벙하여 황급히 겉치레 인사조차 하지 못했다.

"그래도 어머니 유품인 걸요. 그래서 차고 다녀요. 어머니의 추억을 몸에 지니고 있다니, 옛날 방식이죠."

"그럼 어머니의 소리가 들리겠군요?"

"어머니의 소리? 네, 그래요. 국산이고 일본 여자다운, 탁하고 묵직한 소리예요."

"어때요?"

그는 비로소 마음이 조금 풀려 여자의 손을 잡아 자신의 귀로 가져갔다.

"들리죠? ── 어머니가 그러잖아요. 남자하고 싸돌아다니면 안 된다고."

여자는 미소 지었다. 여자의 팔이 닿아 있는 뺨에서부터 그의 몸으로 전율이 전해졌다.

── 경솔하게 두 사람의 허영심을 경멸해선 안 된다. 허영의 우연한 결과는 세계 여성에 대해 비굴하게 겁먹고 있는 그에게, 사랑의 용기를 아주 조금 부여했으니까.

그리고 이렇게 보면, 요컨대 연애라는 건 무얼 이용하더라도 성립할 만큼 시시한 것인지도 모른다.

하지만 더욱이 이 사건은 그의 생명에 비약을 더해, 생활감정의 한 가지 진보가 될지도 모른다. 왜냐하면 그는 그녀의 피부에 가볍게 닿았다는 오로지 그 이유만으로, 이렇게 생각할 수도 있으므로.

"이 화사한 여자를, 그녀가 낳은 아이를 들쳐 업은 채이 금 손목시계를 들고 전당포에 가게 뒤바꿔줄까."

반지

가난한 법대생이 번역 일감을 들고 산속 온천으로 갔다.

도시에서 온 게이샤* 셋이 부채를 얼굴에 올린 채 숲속 정자에서 낮잠을 자고 있었다.

숲 끝자락의 돌계단에서 그는 계곡으로 내려갔다. 잠자리가 떼 지어 노니는 물결을, 큼직한 바위가 둘로 가른다.

그 바위가 파여 생긴 욕조에 소녀가 알몸으로 서 있었다.

열한두 살쯤 되었거니 싶어 그는 개의치 않고 유카타를 물가에 벗어 던지고, 소녀의 발치에 있는 탕에 몸을 담갔다.

하릴없이 따분해 보이는 소녀는 장밋빛으로 달아오른 몸 전체에 그의 호감을 사려는 기색을 띠고 미소 지었다. 얼핏 몸을 보건대 게이샤 집 아이임을 알 수 있었다. 관능의 향락을 남자에게 주는 미래의 목적을 일찌감치 느껴버린 병

* 요정이나 여관 등지에서 술자리 시중을 들며 손님의 주문에 따라 노래와 춤으로 좌흥을 돋우는 여자.

적인 아름다움이 있었다. 그의 눈은 깜짝 놀라 감각을 부채처럼 펼쳤다.

느닷없이 소녀가 왼손을 들어 올리더니 호들갑스럽게 외쳤다.

"어머나! 빼는 걸 깜빡 잊었네. 그냥 들어오고 말았어."

엉겁결에 이끌려 그는 소녀의 손을 올려다보았다.

"깍쟁이!"

소녀한테 멋지게 속아 넘어간 쾌씸함보다도 그는 그 순간에 극심한 혐오를 느꼈다.

반지를 보이고 싶은 거다. ──온천에 들어갈 때 반지를 빼는 건지 안 빼는 건지 그는 알지 못했지만, 아이의 계략에 넘어간 것만은 분명했다.

그는 자신의 생각 이상으로 불쾌한 낯을 보였으리라. 소녀는 얼굴이 빨개져서 반지를 만지작거리고 있었다. 그는 자신의 어른스럽지 못함을 쓴웃음으로 얼버무리고 나서 아무렇지 않게 말했다.

"멋진 반지로구나. 보여줄래?"

"오팔이에요."

역시나 소녀는 기쁜 듯 말하고 욕조에 웅크렸다. 반지가 있는 한쪽 손을 그에게 내밀려다 비틀거리며 그의 어깨에 한쪽 손을 얹었다.

"오팔?"

그 발음에서 몹시 조숙한 느낌을 받았기에, 그는 거듭 말해보았다.

"네. ── 난 아직 손가락이 가늘어요. 금으로 특별히 부탁해 만들었죠. 하지만 보석이 너무 크대요."

그는 소녀의 자그마한 손을 어루만졌다. 따스하고 은은히 반짝이는 달걀색에 자줏빛을 머금은 보석이 무척이나 아름답게 보였다. 소녀는 정면에서 몸을 바싹 기울여 그의 얼굴을 보면서 그지없이 만족스러워했다.

이 소녀는 반지를 좀더 잘 보여주기 위해서라면, 알몸 그대로 그의 무릎에 안긴들 놀라지 않을지도 모른다.

머리카락

한 처녀가 쪽 찐 머리를 하기로 마음먹었다.

산골짜기 작은 마을이다.

그 처녀는 쪽 찐 머리를 해주는 집에 가서 깜짝 놀랐다. 마을 처녀들이 다들 모여 있다.

볼품없는 모모와레* 머리를 한 처녀들이 한곳에 모인 그날 밤, 병사 한 중대가 이 마을에 도착했다. 마을 사무소 에서 집집마다 배당을 맡겨 묵게 한다. 하여간 마을의 어느 한 집 빠짐없이 손님을 맞게 된다. 손님맞이는 워낙 보기 드 문 일이다. 그래서 처녀들은 어쩐지 쪽 찐 머리를 하고픈 맘 이 생겼으리라.

물론 처녀들과 병사들 사이에는 아무 일도 생기지 않았 고, 중대는 다음 날 아침 마을을 떠나 산을 넘어갔다.

하지만 완전히 녹초가 되어버린 미용사는 이제 나흘 동 안은 실컷 쉴 생각이었다. 일한 뒤의 즐거운 기분으로 병사

---

* 머리채를 좌우로 고리처럼 갈라붙이고 뒤에서 묶어 부풀린 모양.

들과 같은 날 아침 똑같은 산을 마차에 몸을 싣고 지나 남자를 만나러 갔다.

산 너머 다소 큰 마을에 도착하자 그 마을의 미용사가 말했다.

"정말 기뻐. 마침 잘 왔네. 좀 거들어줘야겠어."

여기에도 산마을 처녀들이 가득 모여 있다.

거기서 다시 저녁나절까지 모모와레를 매만지고 남자가 일하는 그 마을의 작은 광산으로 갔다. 남자를 보자마자 미용사는 말했다.

"군인들을 따라다니면 난 엄청 부자가 될 것 같아."

"졸졸 따라간다고? 웃기지 마. 누런 제복의 풋내기가 좋아? 멍청이!"

남자는 꽉꽉 미용사를 때렸다.

여자는 지칠 대로 지친 몸이 찌릿찌릿해오는 달콤한 기분으로 남자를 째려보았다.

— 산을 행군해 내려오는 병사들의 맑고 힘찬 나팔 소리가 마을에 내린 땅거미에 울려 퍼졌다.

카나리아

부인. ── 약속을 깨고 부득이 한 번 더 편지를 드려야 겠습니다.

지난해 제게 주신 카나리아를 키울 수 없게 되었습니다. 그 카나리아는 아내가 죽 돌봐왔습니다. 나는 그저 가만히 구경만 했습니다. 보고 있으면 부인을 떠올리게 ──.

부인은 말씀하셨지요. ── 당신한테는 사모님이 계시고 제겐 남편이 있어요. 헤어져요. 당신한테 사모님만 안 계신다면. ── 이 카나리아를 제 기념으로 드릴게요. 보세요. 이 카나리아는 부부예요. 하지만 어딘가의 새 장수가 수컷 한 마리와 암컷 한 마리를 멋대로 잡아 와 새장 하나에 집어넣은 거예요. 카나리아는 전혀 알 턱이 없지요. 아무튼 이 새를 보며 절 기억해줘요. 살아 있는 새를 기념품으로 드리는 게 이상할 수도 있어요. 하지만 우리의 추억도 살아 있잖아요. 카나리아는 언젠가 죽겠지요. 우리 두 사람 사이의 추억도 죽어야 할 때가 오거든 죽게 내버려 둬요 ── 라고.

그 카나리아가 다 죽어갑니다. 키울 사람이 없어졌거

든요. 가난한 화가에다 흐리멍덩한 나는 가냘픈 새를 키울 수 없습니다. 분명히 말씀드리지요. 작은 새를 돌봐주던 아내가 죽었습니다. 아내가 죽자 카나리아도 그만 죽게 되다니—. 그러고 보면 부인, 부인의 추억을 제게 가져다준 이는 내 아내였던 걸까요.

나는 카나리아를 하늘로 날려 보내줄까도 생각했습니다. 그러나 아내가 죽고 나서 이 작은 새도 갑자기 날개에 힘이 없어진 듯합니다. 더구나 이 카나리아는 하늘을 알지 못합니다. 이 도시에도 근처 숲에도 이 부부가 함께 무리 지어 날아오를 친구들은 없습니다. 만약 두 마리가 헤어져 난다면, 한 마리씩 곧 죽고 말겠지요. 어딘가의 새 장수가 수컷 한 마리와 암컷 한 마리를 멋대로 잡아 와 새장 하나에 집어넣은 거라고, 부인은 말했습니다만—.

그렇다고 새 장수에게 팔기도 싫습니다. 부인한테서 받은 새니까. 또한 되돌려드리기도 싫습니다. 아내가 키우던 새니까. 더구나 까맣게 잊고 계실지도 모를 카나리아 따윈 성가실 테지요.

거듭 말씀드립니다. 아내가 있어주었기에 카나리아는 오늘까지 살아 있었습니다. 부인의 추억으로서—. 그러하니 부인, 저는 이 카나리아를 아내를 따라 순사殉死시키고 싶습니다. 또한 추억만이 아닙니다. 어째서 나는 부인 같은 이에게 사랑을 품었을까요. 아내가 있어주었기 때문이 아닐까요. 아내는 제게 생활의 괴로움을 완전히 잊을 수 있게 해주었습니다. 인생의 절반을 보지 않도록 해주었습니다. 그렇지 않다면 저는 부인 같은 여자 앞에서 분명 눈길을 돌리든가 고개를 숙이고 있었겠지요.

부인. 이 카나리아는 죽여서 아내의 무덤에 함께 묻어도 좋지 않을까요.

항구

이 항구는 재미있는 항구다.

여염집 아내나 아가씨들이 여관에 온다. 그리고 손님이 있는 동안 여자들도 묵는다. 아침에 일어나서 점심 식사도 산책도 같이한다. 마치 신혼여행 온 부부처럼 ──.

그런 주제에 근처의 온천에라도 데려가줄까? 하면, 여자는 잠시 고개를 갸웃거리고 생각에 잠긴다. 하지만 이 항구에서 집을 빌릴까? 하면, 만약 그 여자가 아가씨라면 대개 아주 기쁘게 대답한다.

"부인이 되어드릴게요. 너무 오랫동안만 아니라면. 반년이나 1년쯤이 아니라면."

── 그가 그날 아침 배로 출발하려고 서둘러 짐을 꾸리고 있자니, 거들어주던 여자가 말했다.

"편지 한 통 써주실래요?"

"무슨 말이야, 새삼스럽게."

"그렇지만 전 이제 당신의 부인이 아니잖아요. 그러니

까 괜찮잖아요. 당신이 계시는 동안 늘 당신 곁에 있었잖아요. 나쁜 짓은 하나도 안 했잖아요. 그렇지만 전 이제 당신의 부인이 아니잖아요."

"알았어, 알았어." 그는 남자에게 보내는 편지를 써주었다. 역시나 이 여관에서 이 여자와 보름쯤 같이 지낸 남자인 모양이다.

"나한테도 편지를 쓸 거야? 어떤 남자가 배를 타는 아침에. 당신이 누군가의 부인이 아니게 될 때에."

사진

어느 못생긴 — 이렇게 말하면 실례지만 그는 이 못생긴 얼굴 탓에 시인이 되었을 게 틀림없다. 그 시인이 내게 말했다.

난 사진을 싫어해서 말이야, 좀처럼 찍고 싶은 마음이 없어. 4, 5년 전 애인과 약혼 기념으로 찍은 게 다야. 내겐 소중한 애인이지. 사실 일생 동안 한 번 더 그런 여자를 만날 자신이 없으니까. 지금은 그 사진이 내겐 단 하나 아름다운 추억이지.

그런데 지난해 한 잡지사에서 내 사진을 싣고 싶다고 그러더군. 애인과 그녀의 언니, 이렇게 셋이서 찍은 사진에서 나만 잘라내 잡지사에 보냈지. 최근 다시 한 신문사에서 내 사진을 얻으러 왔어. 난 잠시 생각해봤는데, 결국은 애인과 둘이서 찍은 사진을 절반으로 잘라 기자한테 건넸지. 반드시 되돌려달라고 신신당부했건만 아무래도 안 돌려줄 모양이야. 아무튼 그건 괜찮아.

그건 괜찮다 치더라도 말이야, 그런데 애인 혼자만 남은 반쪽짜리 사진을 봤을 때 나는 참으로 뜻밖이었어. 이게 그 아가씨인가. —— 미리 말해두지만 그 사진 속 애인은 정말로 귀엽고 아름다웠지. 하긴 그녀는 그때 사랑에 빠진 열일곱 살이었거든. 한데 말이야, 내게서 잘려나가 내 손에 남은 그녀 혼자만의 사진을 보니, 아이쿠, 이토록 볼품없는 아가씨였던가 싶은 생각이 들더군. 지금까지 줄곧 그토록 아름답게만 보였던 사진인데. —— 오랜 꿈이 단박에 맥없이 깨지고 말았어. 내 소중한 보물이 부서지고 말았어.

그러고 보면, 하고 시인은 한층 목소리를 낮추었다.

신문에 실린 내 사진을 본다면 그녀 역시 틀림없이 이렇게 생각할 테지. 가령 아주 잠깐이나마 이런 남자를 사랑한 자신이 너무 분하다고 말이야. —— 이걸로 다 끝장이야.

그러나 만약, 하고 나는 생각하네. 둘이서 찍은 사진이 그대로 두 사람 나란히 신문에 실렸다면 그녀는 어딘가에서 내게로 당장 돌아오지는 않을까. 아아, 그이는 이토록 ——, 이라면서.

사진   57

하얀 꽃

혈족 결혼이 대대로 거듭되었다. 그녀의 친족은 폐병으로 점점 죽어갔다.

그녀도 너무나 가녀린 어깨를 지녔다. 남자가 그 어깨를 안는다면 깜짝 놀라리라.

어느 친절한 여자가 말했다.

"결혼을 조심하세요. 힘센 남자는 안 돼요. 허약해 보여도 아무런 질병이 없고, 피부가 하애도 그저 가슴 질병과는 무관한──. 늘 똑바로 앉아 있고 술도 마시지 않고 싱글벙글 웃으시는 분을……"

하지만 그녀는 힘센 남자의 팔을 공상하는 걸 좋아했다. 한번 휘감기면 자신의 늑골이 빠지직 소리를 낼 법한 힘센 팔뚝을.

그리고 해맑은 얼굴을 한 채 그녀는 어딘가 자포자기적인 거동을 보인다. 눈을 감고 인생이라는 바다에 둥실 몸을 띄우고 있는 듯한. 흐르는 대로 흘러가려는 듯한. 이것이 그녀를 요염하게 만든다.

사촌에게서 편지가 왔다. —— 결국 가슴이 병들었습니다. 어릴 적부터 각오해온 운명의 시간이 왔을 뿐입니다. 고요합니다. 하지만 딱 한 가지 후회스러운 게 있습니다. 어째서 몸이 건강했을 때 단 한 번만이라도 당신에게 입맞춤하게 해달라고 말하지 않았을까요. 당신의 입술만은 폐 병균에 더럽혀지지 않기를!

그녀는 사촌이 있는 곳으로 달려갔다. 그리고 머지않아 바닷가 폐 요양원으로 보내졌다.

젊은 의사가 환자는 그녀 한 사람뿐인 양 간호해주었다. 천으로 만든 요람 같은 침상 의자를 매일 곳 가까이 옮겨주었다. 저 멀리 대숲이 항상 태양 아래 반짝였다.

일출이다.

"아아, 이제 당신은 완쾌되었습니다. 정말로 완전히. 내가 오늘을 얼마나 기다렸는지!"

이렇게 말하고 의사는 바위 위의 침상 의자에 누운 그녀를 가볍게 안아 올렸다.

"저 태양처럼 당신의 생명도 새롭게 떠올랐습니다. 어째서 바다의 배들이 분홍빛 돛을 올리지 않는 걸까요? 용서해주시겠지요? 두 개의 마음으로 내가 오늘을 기다린 것을. 당신의 병을 고치는 의사로서, 그리고 또 하나의 나로서. —— 내가 얼마나 오늘을 간절히 기다렸는지! 의사로서의 양심을 버릴 수 없는 게 얼마나 괴로웠는지! 당신은 이제 완전히 건강해요. 당신은 자신을 감정의 도구로 삼아도 될 만큼 완전히 건강해요. ─어째서 바다가 분홍빛으로 물들지 않는 걸까요?"

그녀는 감사의 마음을 담아 의사를 올려다보았다. 그러고는 시선을 먼바다로 돌리고 기다렸다.

하지만 이때 문득 그녀는 자신에게 정조에 대한 생각이 조금도 없다는 사실에 스스로도 놀랐다. 그녀는 어렸을 적부터 자신의 죽음을 보고 있다. 그러므로 시간을 믿지 않는다. 시간의 연속성을 믿지 않는다. 그러고 보면 정조가 있을 턱이 없다.

"나는 당신의 몸을 얼마나 감정적으로 바라보았는지! 그리고 또한 얼마나 이성적으로 구석구석까지 바라보고 있었는지! 한 사람의 의사에게 당신의 몸은 실험실이었어."

"네?"

"이토록 아름다운 실험실─. 내 천직이 의사가 아니었다면 나의 정열은 당신을 지금까지 죽이고 있었을 겁니다."

그리고 그녀는 이 의사가 싫어졌다. 그 시선을 거부하듯 옷매무시를 가다듬었다.

같은 요양원에 있는 젊은 소설가가 그녀에게 말했다.

"서로 축하해요. 같은 날에 퇴원해요."

문에서 두 사람은 자동차를 함께 타고 솔숲을 달렸다.

소설가는 그녀의 가녀린 어깨에 살짝 팔을 얹는 시늉을

했다. 그녀는 아무런 힘도 없는 가벼운 물체가 쓰러지듯 남자에게 기대었다.

두 사람은 여행을 떠났다.

"인생의 분홍빛 새벽이에요. 당신의 아침, 나의 아침. 세상에 두 개의 아침이 동시에 있다니 얼마나 신기한지! 두 개의 아침이 하나가 돼요. 그래요, 멋지군요. 나는 '두 개의 아침'이라는 소설을 써야겠어요."

그녀는 기쁨에 넘쳐 소설가를 올려다보았다.

"이걸 좀 봐요. 병원에 있을 무렵의 당신의 스케치예요. 당신이 죽고 내가 죽었다고 해도, 두 사람은 이 소설 속에 살았을지도 몰라요. 하지만 지금은 두 개의 아침이 되었어요. ──성격이 없는 성격의 투명한 아름다움. 봄 들판에 그윽한 꽃가루처럼 당신은 육안으로 볼 수 없는 향기 같은 아름다움을 인생에 풍기고 있어요. 나의 소설은 아름다운 영혼을 발견했어요. 이걸 어떻게 써야 하나. 당신의 영혼을 내 손바닥에 얹어 보여주세요. 수정 구슬처럼. 나는 그걸 언어로 스케치해요……"

"네?"

"이토록 아름다운 재료──. 내가 소설가가 아니었다면 나의 정열도 당신을 머나먼 미래까지 살릴 수 없었을 테지요."

그리고 그녀는 이 소설가가 싫어졌다. 그 시선을 거부

하듯 앉음새를 바로 했다.

　　─그녀는 자기 혼자만의 방에 앉아 있다. 사촌은 앞서
죽었다.

　　"분홍색. 분홍색."

　　점점 투명해지는 하얀 살결을 들여다보며 '분홍색'이라
는 단어를 떠올리고는 웃고 있다.

　　누군가 남자가 한마디 말로 자신을 원한다면, ─ 까딱
고개를 끄덕여야지, 생각하며 웃고 있다.

적敵

여배우가 어둑한 데서 눈물을 뚝뚝 흘리고 있다. 그녀
가 주연을 맡은 영화를 보면서.

— 그녀의 과거에는 부모가 최초의 적이었다. 그다음
의 적은 오빠였다. 그래서 그 후로 세상 사람들이 모두 적으
로 보였다. 특히 남자란 남자는 죄다 적이었다. 그리고 적이
한 사람 늘어날 때마다 그녀는 어두운 밑바닥으로 계단을
한 걸음씩 내려갔다.

스크린 세계에서는 가련한 소녀인 그녀가 부모의 손에
서 남자에게로 지금 팔려간다.

그걸 보는 그녀와 보이는 그녀, 두 사람의 그녀가 동시
에 울고 있다. 그리고 필름이 돌아감에 따라 그녀들은 처녀
를 빼앗기는 슬픔 또한 둘이서 함께 느낀다.

그녀는 과거의 그 무시무시한 순간을 떠올리는 게 아
니라 지금 자신의 몸으로 겪고 있는 듯이 느낀다. 이 장면을
촬영했을 때도 그녀는 연기를 하는 게 아니라 과거의 그 끔
찍한 일을 자신의 몸으로 반복하는 것처럼 느꼈었다.

즉 그녀는 지금까지 세 번 처녀를 빼앗겼다. 다시 말해 그녀는 세 번 처녀였다.

이 세번째 슬픔에 빠져 있는데, 그녀 앞의 객석으로 남자와 여자가 안내되었다. 그녀는 무심코 말을 건넬 뻔했다. 그녀와 같은 촬영소의 여배우와 감독이다.

바로 그 여배우가 하얀 옆얼굴을 눈물 그렁한 그녀의 얼굴 앞으로 여봐란듯이 돌아다보며 감독에게 속삭였다.

"저기 봐요. 역시 순진한 처녀로는 안 보이는 걸요. 몸이 망가지고 말았네요. 어머, 저 가슴 언저리도 ― ."

"아! 죽여버리겠어!" 그녀는 칼을 바닥에 내다꽂듯이 정강이를 세워 의자에서 벌떡 일어섰다.

그녀는 태어나 처음으로 진짜 적을 만났다.

이 여배우는 이때 네번째로 그녀에게서 처녀를 빼앗았다. 그리고 이번에야말로 흔적 하나 남기지 않고 ― .

― 남자는 결코 여자한테서 처녀를 빼앗지 않는 법이다.

달

동정童貞 ── 아무래도 요게 성가신 애물단지란 말이지. 아깝지 않은 짐이라 어둑한 뒷골목이나 다리 위를 걷고 있을 때 쓰레기통이나 큰 강에 내다 버려도 그만일 텐데, 이렇게 전등이 훤한 인도로 나와버렸으니 도무지 버릴 곳이 눈에 띄질 않는군. 더구나 여자가 저 짐 속에는 뭐가 들어 있나 하고 진기하게 바라보기라도 하면 그만 얼굴이 빨개지잖아. 그리고 또한 기껏 여기까지 무거운 마음으로 매달고 왔다는 것만으로도 길가의 개한테는 주고 싶지 않은 심정이기도 해. 하지만 요즘처럼 여러 여자에게 사랑을 받고 보면, 눈을 잔뜩 먹은 높다란 나막신을 신고 걷는 듯 불편함을 한층 끊임없이 느끼지. 차라리 맨발로 눈 위를 뛰어 돌아다닌다면 얼마나 가뿐할까. ──그는 이런 생각을 하고 있다.

어떤 여자는 그의 머리맡에 우두커니 서 있다가 다짜고짜 격렬하게 무릎을 꿇고, 그의 얼굴 위로 몸을 덮으며 그의 냄새를 빨아들였다.

또 어떤 여자는 2층 툇마루 난간에 기대고 있을 때 밀어뜨리는 시늉을 하며 어깨를 떼민 그에게 엉겁결에 그러안고 매달렸는데, 그가 손을 떼자 다시 한번 스스로 떨어지는 자세로 난간에 몸을 젖힌 채 자신의 가슴을 응시하고 그를 기다렸다.

또 어떤 여자는 욕실에서 그의 등을 밀어주는 동안 그의 어깨를 잡고 있던 한쪽 손을 부들부들 떨기 시작했다.

또 어떤 여자는 그와 앉아 있던 겨울 객실에서 느닷없이 정원으로 뛰어나가, 정자의 긴 의자에 하늘을 보고 벌렁 드러누운 채 두 팔꿈치로 자신의 머리를 꼭 그러안았다.

또 어떤 여자는 그가 유희 삼아 뒤에서 끌어안으면 꼼짝달싹하지 못했다.

또 어떤 여자는 이부자리에서 잠든 척하고 있을 때 그가 손을 잡으면, 입술을 꾹 다물고 뻣뻣해진 몸을 뒤로 젖혔다.

또 어떤 여자는 한밤중 그가 없는 사이 그의 방에 바느질감을 갖고 들어와 돌처럼 앉아 있다가, 그가 돌아오면 귀까지 빨개져 '전깃불을 좀 빌렸어요'라는 기묘한 거짓말을 목쉰 소리로 겨우겨우 내뱉었다.

또 어떤 여자는 그 앞에서 언제나 훌쩍훌쩍 울었다.

더 많은 젊은 여자가 그와 이야기하는 동안 점점 감정적인 신상 이야기로 빠져들어, 그다음 한마디도 할 수 없게 되면 자리에서 일어날 힘조차 잃은 듯 가만히 앉아 있었다.

— 그리고 그는 늘 그때가 오면 하얗게 침묵했다. 그렇지 않으면 어김없이 말했다.

"나는 생활을 함께하고자 하는 여자가 아니면 감정을 받지 않습니다."

그가 스물다섯이 되자, 이런 여자가 더욱더 많아졌다. 그리고 그 결과는 그의 동정을 감싸는 벽이 점점 더 두껍게 칠해지는 거였다.

하지만 한 여자는 그가 아닌 다른 사람의 얼굴을 보는 것도 싫어졌다는 말을 꺼냈다. 멍한 나날을 보내게 되었다. 돌봐주지 않으면 이 여자는 굶어 죽을 거라고 그는 생각했다. 그러자 생활을 함께하지 않고 감정을 받지 않고 그리고 돌봐주어야 하는 여자의 수가 점점 늘어날 것 같았다. 그는 웃었다.

"그렇게 되면 재산이 조금밖에 없는 나는 머잖아 파산하겠지."

그때 그는 여전히 동정이라는 단 하나의 짐을 매달고 거지 신세가 되는 걸까. 초라한 옷차림을 한 채, 그러나 받기만 할 뿐 주지 않는 탓에 풍성해진 감정의 낙타 등에 걸터앉아 머나먼 나라로—.

— 이런 공상을 즐기고 있자니 그의 가슴은 그의 내부의 감정으로 한껏 부풀었다. 그러나 생활을 함께하려는 여자는 이제 이 세상에서 찾을 수 없을 것 같다는 생각이 들고

말았다.

하늘을 올려다보니 보름달이다. 달이 밝으니 달이 하늘에 단 한 사람이다. 그는 달에게 두 손을 내뻗었다.

"아아! 달이여! 너에게 이 감정을 주련다."

석양

근시近視인 여자가 우체국 뜰에서 허둥지둥 봉함엽서를
쓰고 있다.

"열차 유리창 — 열차 유리창 — 열차 유리창." 세 번 쓰
고 지운다. "현재 — 현재 — 현재."

속달 담당 직원이 연필로 머리를 긁고 있다.

웨이트리스가 대형 레스토랑 주방에서 새 앞치마 끈을
요리사에게 묶어달라고 부탁한다.

"뒤를 묶으라고? 뒤는 과거잖아? 앞에서 유방을 묶
을게."

"쳇!"

시인도 설탕을 산다. 설탕 가게의 어린 점원이 큼직한
숟가락을 설탕 더미에 찔러 세운다.

"아냐. 돌아가서 떡을 굽는 건 관둬야지. 설탕을 주머니
에 넣어 시내를 걸으면 하얀 공상이 떠오를 거야."

그리고 시인은 스쳐 지나는 사람들에게 중얼거린다.

"아아, 사람들이여! 과거로 가는군. 나는 미래로 걷고 있

지. 그렇담 나와 같은 방향으로 걸어갈 사람은? 역시 미래로? 당치 않아."

우체국 소년의 자전거가 근시 여자를 빙그르르 돈다.

"네! 네!"

"어머, 난 근시라고. 설탕 가게의 새하얀 설탕도 안 보여. 그 사람이 그 여자와 열차에 타고 있다고 생각하다니! 그 사람은 역시 현재의 나를! 이봐요, 우편배달부."

시인과 웨이트리스가 레스토랑에서 미소 짓고 있다.

"새 앞치마네. 뒤를 보여줘. 등짝에 새로 앉은 하얀 나비를."

"싫어요. 내 과거를 보지 말아요."

"알았어. 난 미래를 향해 걷고 있었는데 당신에게로 온 거야."

이때 동쪽에서 서쪽으로 이어지는 이 거리의 전당포 곳간 지붕에 지금껏 걸려 있던 태양이 소리도 없이 훅 떨어졌다.

오호. ─그 길을 걷는 사람들은 모두 이 순간 낮게 숨을 한번 내쉬고, 세 걸음 남짓 걸음을 늦춘다. 하지만 그걸 깨닫지 못한다.

길 동쪽 끝에서 놀고 있던 아이들이 서쪽을 향해 저마다 걸음을 좁혀 준비 자세를 하고 뛰어오른다. 떨어진 해를 눈으로 붙잡으려고.

"보인다!"

"보인다!"

"보인다!"

죄다 거짓말이다. 보이지도 않건만 — .

죽은 아내의 얼굴

"한번 보게나. 이렇게 되었다네. 자넬 얼마나 보고 싶어
했는지 모를 걸세."

허둥지둥 그를 그 방으로 데려온 장모가 말했다. 죽은
이의 머리맡에 있던 사람들이 일제히 그를 보았다.

"어서 만나보게."

장모는 한 번 더 말하고 그의 죽은 아내 얼굴을 덮은 하
얀 천을 걷어내려고 했다.

이때 그는 자신도 미처 예기치 못한 말을 불쑥 꺼냈다.

"잠깐 기다려주세요. 저 혼자서만 만나게 해주시렵니
까? 이 방에 저 혼자만 있고 싶습니다."

이 말은 아내의 부모 형제에게 일종의 감동을 불러일으
켰다. 그들은 조용히 방 장지문을 닫고 나갔다.

그는 하얀 천을 걷어냈다.

죽은 아내의 얼굴은 괴로워하는 표정으로 굳어 있었다.
움푹 꺼진 양 볼 사이에 변색된 치아가 튀어나와 있었다. 눈
두덩의 살집은 바싹 말라 눈동자에 들러붙어 있었다. 이마

에는 불거진 신경이 고통처럼 얼어붙어 있었다.

이 끔찍한 얼굴을 내려다보며 그는 잠시 꼼짝 않고 앉아 있었다.

그러고는 두 손을 부들부들 떨면서 아내의 입술로 가져가, 입을 다물게 해주려고 했다. 억지로 닫힌 입술은 그가 손을 떼면 다시 무겁게 열렸다. 그는 다시 닫았다. 다시 열렸다. 똑같은 동작을 몇 번이나 되풀이하는 동안, 그래도 입 언저리에 생긴 짙은 선이나마 조금 부드러워졌다고 그는 깨달았다.

그러자 그는 자신의 손끝에 열정이 몰려드는 느낌이 들었다. 죽은 얼굴의 험악한 신경을 나긋하게 풀어줄 생각으로 이마를 북북 문질렀다. 손바닥이 뜨거워졌다.

이리저리 매만져서 새로워진 죽은 아내의 얼굴을 내려다보며 그는 다시 꼼짝 않고 앉아 있었다.

"기차로 오느라 피곤할 테지. 점심을 먹은 후에 좀 쉬게나."

이렇게 말하며 장모와 처제가 들어왔다.

"아아!"

느닷없이 장모가 눈물을 뚝뚝 흘렸다.

"인간의 영혼은 무서워. 자네가 여행에서 돌아올 때까지 이 아이는 온전히 죽지 못했다네. 참으로 신기해라. 자네가 한 번 만나준 걸로, 죽은 얼굴이 이토록 편안하게 바뀌다니. ― 이젠 됐네. 이 아이도 이젠 괜찮아."

다소 광기 어린 그의 눈을 처제가 그지없이 아름답고 해맑은 눈길로 지켜보았다. 그러고는 와락 울음을 터뜨렸다.

지붕 아래의 정조貞操

─ 오후 4시 공원 언덕에서 기다리겠어요.

─ 오후 4시 공원 언덕에서 기다리겠어요.

─ 오후 4시 공원 언덕에서 기다리겠어요.

그녀는 세 남자한테 똑같은 등기우편을 보냈다. 지팡이를 들고 걷는 남자, 안경을 낀 남자, 지팡이도 안경도 없는 남자에게.

3월 오후 3시의 언덕에 그녀는 박꽃처럼 조용히 피어 있었다. 그녀의 몸 주변에는 오늘 아침 처음으로 앳된 살결을 공기에 쐰 새싹이, 태어나 첫 저녁이 오는 것을 나뭇가지 끝에서 슬퍼하고 있었다.

지팡이를 그러안은 남자가 언덕을 올라왔다. 지팡이의 솜씨다. 분명 지팡이가 냄새를 맡은 게 틀림없다. 그녀가 매일 남자 몇 명에게 등기우편을 보낸다는 사실을, 그리고 가장 먼저 온 남자가 그녀에게는 그날 밤이라는 사실을.

그녀는 방금 이 세상에 반짝 태어난 것처럼 아름답게 미소 지었다. 생기발랄한 뒤꿈치로 언덕을 뛰어 내려가려다, 문득 엄숙하게 눈을 감고 얼굴 위에 십자가를 그었다.

"하느님, 오늘 밤도 이분을 통해 어린 제게 하룻밤 편안한 잠자리를 베풀어주신 것을 감사드립니다. 그리고 만약 내일까지도 아직 제가 살아 있다면 내일 또한 당신의 자녀 누군가를 통해 어디에선가 하룻밤 잠자리를 얻게 해주시기를 기도드립니다."

그리고 나서 그녀는 남자에게 사랑스럽게 바싹 붙었다. 그러자 도시의 집들이 언덕 밑에서 그녀를 매정하게 올려다보았다. 그녀는 눈부신 듯 멀리 바라보며 말했다.

"지붕이여, 지붕이여, 지붕이여. 작은 머리를 드넓은 하늘을 향해 흔들어대는 수없이 많은 지붕이여. 여자의 정조를 지키는 신神이여. 너희들 하나하나는 제각기 한 사람 한 사람 여자의 정조를 자비롭게 지키고 있다. 그리고 나는 밤마다 각기 다른 한 지붕 아래서 그 하룻밤의 지붕에 대해 그 하룻밤마다 얼마나 정결하게 잠드는지. 아아, 오늘 밤 내 지붕은 어느 것일까. 사실 내게 화내지 않는 것은 밤의 그 지붕뿐이니까 ─."

그리고 그들은 거리 속으로 사라져갔다.

인간의 발소리

오동나무 꽃이 핀 병원에서 그는 퇴원했다.

커피숍 2층 노점으로 통하는 문이 활짝 열렸다. 점원의 옷은 새하얀 새 옷이었다.

노점 탁자에 턱 하니 던져진 그의 왼손을 대리석이 기분 좋게 식혀주었다. 오른손 손바닥은 그의 뺨을 얹고 손잡이에 팔꿈치를 괴고 있었다. 그의 눈은 행인 한 사람 한 사람을 빨아들이듯 유심히 내려다보았다. 사람들은 생기발랄한 전등 불빛에 박자를 맞추며 포장도로를 걷고 있었다. 지팡이를 내뻗으면 길 가는 사람의 머리를 맞힐 수 있다고 여겨질 정도로 그 2층 노점은 야트막했다.

"도시와 시골은 계절을 느끼는 법까지도 거꾸로예요. 그렇게 생각하지 않아요? 시골 사람은 전등 불빛 색깔로 초여름을 느끼지는 않거든요. 시골에선 인간보다도 자연이, 풀이나 나무가 각 계절마다 치장을 하잖아요. 그런데 도시에선 자연보다도 인간이 각 계절의 치장을 펼쳐 보이네요. 많은 사람이 이런 식으로 거리를 걸으며 초여름을 제조해

내는 거죠. 이 거리가 인간의 초여름이라는 생각이 안 들어요?"

"인간의 초여름이라, 그럴듯하군."

그는 아내의 말에 대답하면서 병원 창문 앞에 피어 있던 오동나무 꽃 냄새를 떠올렸다. 그 무렵 그가 눈을 감으면 어김없이 그의 머리는 다양한 발 모습의 환영이 보이는 바다로 빠져버리곤 했다. 그의 뇌수 세포가 온통 발 모양을 한 벌레가 되어 그의 세계를 꾸물꾸물 기어 다녔다.

— 여자가 무언가 타 넘을 때 쑥스러워하며 생긋 웃는 두 발. 움찔 움직였다가 뻣뻣해지는 임종 직전의 두 발. 허벅지 살이 홀쭉한 말 배 위의 두 발, 뭉글뭉글 내던져진 고래 지방처럼 미련스레 퉁퉁하면서 때로는 무서운 힘으로 긴장하는 두 발. 앉은뱅이 거지가 한밤중에 벌떡 뻗치고 일어선 두 발. 어머니의 두 발 사이로 태어난 갓난아기가 나란히 갖춘 두 발. 일터에서 집으로 돌아가는 월급쟁이의 생활처럼 지친 두 발. 맑은 샘물의 감각을 복사뼈에서 배로 빨아올려 여울을 건너는 두 발, 좁다란 바지의 주름처럼 뾰족한 걸음걸이로 사랑을 찾는 두 발. 어제까지 서로 모른 척 외면하고 있던 발끝이 어째서 오늘부터 다정하게 얼굴을 마주 보려는 걸까 의아해하는 소녀의 두 발. 주머니 속 돈이 묵직해 성큼성큼 걷는 두 발. 얼굴로 미소 짓고 정강이로 비웃고 있는 닳아빠진 여자의 두 발. 시내에서 돌아와 버선을 벗고 바

람 쐬는 땀에 젖은 두 발. 간밤의 죄를 무희의 양심을 대신해 무대 위에서 탄식하는 아름다운 두 발. 커피숍에서 복사뼈에 여자를 버리는 노래를 부르게 하는 남자의 두 발. 슬픔을 무겁다 여기고, 기쁨을 가볍다 여기는 두 발. 운동선수의, 시인의, 고리대금업자의, 귀부인의, 여자 수영 선수의, 초등학생의 두 발. 두 발, 두 발, 두 발. ─무엇보다도 그의 아내의 두 발.

그리고 겨울부터 봄에 걸쳐 무릎 관절을 앓아 결국 절단된 그의 오른발. ─이 한쪽 발 때문에 그는 병원의 병상에서 온갖 발의 환영에 시달리면서, 화려한 거리를 바라보기 위해 만든 안경 같은 이 커피숍 노점을 연신 그리워했다. 무엇보다도 우선 인간의 튼튼한 두 발이 서로 번갈아 땅을 내딛는 모습을 탐욕스레 바라보면서 그 발소리에 푹 빠진 채 듣고 싶었다.

"발을 잃고 비로소 알게 됐어, 초여름의 진짜 좋은 점을. 초여름이 오기 전에 병원을 나가 그 커피숍에 가고 싶어!"

그는 하얀 목련을 보며 아내에게 말했었다.

"곰곰이 생각해보니 1년 중 인간의 발이 가장 아름다운 때는 초여름이야. 인간이 가장 건강하고 상쾌하게 도시를 걷는 건 초여름이야. 목련꽃이 지기 전에 병원을 나가야만 해."

그래서 그는 이 노점에서 길 위의 사람들이 죄다 자신의 애인이기라도 한 양 유심히 내려다보고 있었다.

"산들바람마저 아주 신선해."

"역시 환절기인가 봐요. 속옷은 물론이고 어제 손질한 머리도 오늘은 어쩐지 고리타분한 느낌이 들지 않아요?"

"그런 것쯤 아무래도 좋아. 발이라고. 초여름 인간의 발이야."

"그렇담 나도 요 아래 길을 걸어 보여줄까요?"

"그건 약속이 달라. 병원에서 발을 자를 때 둘이서 발 셋 지닌 한 사람이 되자고 당신이 말했잖아."

"가장 아름다운 계절인 초여름이 당신에게 만족을 주었어요?"

"조용히 좀 해. 길 걷는 사람들 발소리가 안 들려."

그는 도시의 밤 소음 가운데 인간의 숭고한 발소리를 놓치지 않으려고 엄숙하게 귀를 기울였다. 마침내 눈을 감고 말았다. 그러자 호수에 내리는 빗소리처럼 그의 영혼에 길 가는 사람들의 발소리가 쏟아져 내렸다. 피로한 그의 뺨은 그윽이 기쁨 넘치는 표정으로 환해졌다. 그러나 점점 그 기쁨의 빛은 사라져갔다. ── 그리고 얼굴이 창백해지는 동시에 그는 병적으로 눈을 떴다.

"당신은 모르겠어? 인간은 모두 절름발이야. 여기 들려오는 발소리 가운데 두 발소리를 건강하게 갖춘 건 하나도 없어!"

"어머, 그래요. 그럴지도 모르겠네요. ── 인간에겐 심장도 한쪽밖에 없으니까."

"게다가 발소리가 흐트러지는 건 인간의 발 때문만은 아닌 것 같아. 마음을 가다듬고 들으면 영혼의 질병을 떠안고 있는 소리야. 육체가 대지를 향해 슬퍼하며 영혼의 장례식 날을 약속하는 소리야."

"그야 그럴 테죠. 발소리에 한정된 게 아니라 뭐든지 그럴 테죠, 생각하기에 따라서는. 하지만 당신의 신경과민 탓이에요."

"그래도 한번 들어봐. 도시의 발소리는 질병이야. 다들 나처럼 절름발이인걸. 내 발을 잃어버려 튼튼한 두 발의 느낌을 즐기려고 왔는데, 인간의 질병을 하나 발견하게 될 줄이야. 새로운 우울증을 얻게 될 줄은 미처 생각 못 했어. 이 우울은 어딘가에 떨쳐내 버려야만 해. ── 이봐, 시골로 가봐야겠어. 인간의 영혼도 육체도 도시보다는 건강할지 모르니까, 어쩌면 튼튼하게 다 갖춘 두 발소리를 들을 수 있겠지."

"어차피 글렀어요. 동물원에 가서 네발 달린 짐승 발소리를 듣는 편이 나을지도 모르죠."

"동물원이라고? 그럴지도 모르겠군. 짐승의 발이나 새의 두 날개가 오히려 튼튼하고, 그 소리가 아름답게 갖춰져 있을 수도 있겠군."

"무슨 말이에요? 난 그저 농담 삼아 말해봤을 뿐인데."

"인간이 두 발로 서서 걷게 되었을 때 인간 영혼의 질병이 시작된 것이니, 두 발소리가 고르지 못한 것도 당연하겠지."

이윽고 영혼의 한쪽 발을 잃은 표정으로, 의족을 한 그는 아내의 부축을 받아 자동차에 올라탔다. 자동차 바퀴의 울림은 절뚝거리며 역시나 그녀의 영혼의 질병을 그에게 호소했다. 그 거리에는 전등이 새로운 계절의 꽃을 흩뿌리고 있었다.

바다

7월의 하얀 산길로 조선인 일행이 이주 길을 떠난다. 바다가 보이기 시작했을 즈음엔 거의 대부분이 상당히 지쳐 있었다.

그들은 산을 넘는 길을 만들었다. 70여 명의 일꾼이 3년 일하면 새로운 길이 고개까지 트였다. 고개 건너편은 하청업자가 달라 일을 얻지 못했다.

여자들은 새벽녘에 산촌을 출발했다. 바다가 보이자 열예닐곱 살 된 처녀는 백지장 같은 하얀 얼굴을 하고 완전히 지쳐버렸다.

"난, 배가 아파요. 못 걷겠어요."

"큰일 났네. 잠시 쉬었다 남자들하고 뒤따라오렴."

"아직 사람들이 오나요?"

"오고말고. 강물처럼 흘러오지."

웃으면서 여자들은 고리짝과 보자기 꾸러미를 짊어지고 바다 쪽으로 내려갔다.

처녀는 짐을 내려놓고 풀 위에 쪼그려 앉았다.

10여 명의 일꾼이 처녀 앞을 지나갔다.

"왜 그래?"

"아직 뒤에 사람들이 오나요?"

"오고말고."

"난, 배가 아파요. 뒤따라갈게요."

여름 바다를 보자 처녀는 머리가 어질어질했다. 기름매미 소리가 몸에 스며들었다. 제각기 다른 시간에 산촌을 출발한 일꾼들은 네 명, 일곱 명, 두 명씩 처녀 앞을 지날 때마다 말을 건넸다. 처녀는 똑같은 말을 했다.

"왜 그래?"

"아직 뒤에 누군가 오나요?"

"오고말고."

젊은 일꾼 한 명이 큼직한 버들고리를 짊어지고 삼나무 숲에서 나왔다.

"어째서 울고 있지?"

"뒤에 누군가 오나요?"

"올 턱이 없지. 난 일부러 제일 나중에 남아 여자와 아쉬운 작별을 나누고 왔는걸."

"정말로 이제 아무도 안 와요?"

"올 턱이 없잖아."

"정말로?"

"울지 마. 왜 그래?"

일꾼은 처녀 곁에 앉았다.

"난, 배가 아파 못 걷겠어요."

"그래? 내가 안고 가줄게. 나랑 부부가 되어줘."

"싫어요. ──아버지가 말했어요. 내가 죽임을 당한 땅에서 결혼하지 말거라. 일본에 건너온 녀석의 각시가 되지 말거라. 조선에 돌아가서 시집가거라."

"흥. 그래서 네 아버지는 그렇게 죽은 거야. 너의 옷을 봐."

"이거?" 고개를 숙이고 처녀는 가을 풀 무늬 유카타를 보았다.

"얻었어요. 기차 요금하고 조선 옷이 필요해요."

"그 짐은 뭐야?"

"냄비랑 밥그릇."

"나랑 부부가 되자."

"이제 아무도 안 와요?"

"내가 마지막이야. 3년을 기다려봤자 조선인은 이 길을 지나가지 않아."

"정말로 안 와요?"

"나랑 부부가 되자니까. 넌 걸을 수 없잖아. 난 그냥 가버릴 테다."

"정말로 이제 한 사람도 안 와요?"

"그래. 그러니까 내 말을 들으라고."

바다

"응."

"좋아."

일꾼은 처녀의 어깨를 안고 일어섰다. 두 사람은 커다
란 짐을 짊어졌다.

"정말로 이제 한 명도 안 와요?"

"성가신걸."

"내게 바다가 보이지 않게 해서 데려가줘요."

20년

마을은 상스럽고 음란했다. 그중 하나는 스이헤이샤 부
락이었다.

부락의 소녀들은 소학교에서 소년들을 사로잡았다. 성
에 눈뜨기 시작한 소녀들의 모습은 학교의 모든 소년을 조
숙하게 만들었다. 그 가운데 스미코라는 여학생이 그들의
공상을 금단의 나무 아래로 이끌었다.

학교를 마치고 돌아가는 길에 한 소년이 말했다.

"다들 어느 여자가 좋은지 말해봐. 난 스미코."

"나도."

"뻔하잖아. 스미코."

"난 뱃사공이 될 거야. 뱃사공은 이 마을에 없고 뭍에
살지 않으니까, 스이헤이샤의 여자를 가진들 아무도 군말하
지 않겠지."

여기까지 듣고 있던 그가 호통쳤다.

"어느 놈이야? 이런 말을 지껄인 게."

모두 잠잠해졌다.

"이놈이군."

다짜고짜 그는 소년의 모자를 빼앗아 논바닥으로 내던졌다.

"제멋대로야."

소년은 비굴한 투로 내뱉으며 모자를 주우려고 웅크렸다. 그러자 그가 뒤에서 걷어찼다. 소년은 볏모 위로 고꾸라졌다. 그는 쏜살같이 내달렸다.

점심 시간에 고등과* 학생이 질풍처럼 달음박질해 와서, 쿵 하고 스미코와 부딪쳤다. 넘어져 울기만 할 뿐 소녀는 한참 동안 일어나지 않았다. 선생님이 안아 일으켰다. 불이 붙은 듯 울어댔다. 선생님이 손을 떼자 털썩 땅바닥에 늘어졌다. 모여든 소년들이 둘러싼 가운데 소녀는 점점 더 여자티 나게 어깨와 뺨을 떨며 울었다. 그 모습이 그를 몹시 자극했다. 다음 날 그는 고등과 학생에게 몰래 다가가,

"멍청한 녀석!" 소리치며 마구 때렸다. 그 소년에게 쫓겨 총알처럼 스미코가 놀고 있는 곳까지 내달려 온 그 순간, 힘껏 소녀를 들이받았다.

스미코는 그보다 1년 늦게 심상과**를 졸업했다. 중학생이었던 그는 스미코가 졸업생 중 한 명으로 찍힌 기념사진

---

* 고등 소학교. 심상 소학교의 상위 과정.
** 심상 소학교. 옛 초등학교.

을 일부러 시내 사진관에서 구입했다.

마을 중학생들은 클럽을 만들어 일요일마다 소학교에 모였다. 이제 그들을 꾸중할 자격이 교사에겐 없었고, 대부분 마을 유지의 아들이었다. 그들은 좁은 운동장에서 야구 경기를 하고 지붕 기와며 유리창을 깼다. 오르간 건반에 분필로 123 기호를 달아 치면서 노래했다. 교무실 선반을 마구 어지럽혔다. 재봉실에서 유도를 했다. 사환에게 과자 심부름을 시켰다. 교실에서 교실로 옮겨 다니며 칠판에 낙서했다.

고등과 교실에 가니, 책상 하나를 유심히 들여다보던 네다섯 명의 중학생이 그에게 눈짓을 했다. 스미코의 책상이다. 소녀가 두고 간 서류철을 끄집어내어 그림이며 습자, 시험 답안지 등을 저마다 품속에 쑤셔 넣고 있다.

"야, 잠깐 비켜." 그는 정면으로 앉은 소년에게 말했다. 소년이 미처 일어서기도 전에 그는 스미코의 의자에 동여맨 화려한 모슬린 방석을 냅다 벗겨내고 말았다.

"아이코."

"방석만은 안 돼."

"그건 너무해."

그는 소년들의 적의敵意 앞에 우뚝 섰다.

"부러우면 내일 우리 집으로 와. 앉게 해줄게."

스미코와 같은 마을의 우메무라라는 소년이 그와 함께

중학교에 입학했다. 그는 우메무라를 사랑했다. 여행 때는 서로 그러안고 잤다. 우메무라는 겨울이 되면 손가락, 발가락이 동상으로 문드러지는 피부를 지녔다. 그런 몸에서 그는 색정적인 냄새를 느꼈다.

중학교 귀갓길에 우메무라가 말했다.

"넌 스미짱을 사랑하지?"

"……"

"스미짱을 네게 줄게. 너만이 스미짱을 행복하게 해줄 수 있어. 넌 도쿄로 나갈 생각이지? 스미짱을 어딘가 멀리 데려가주면 좋겠는데."

"어른 같은 말 하지 마."

"오늘은 좋은 곳으로 안내할게."

그리고 우메무라의 부락에 있는 사당 경내의 숲으로 가니, 소학교 고등과 소녀 네 명이 사자상의 목에 가방을 걸어놓은 채 줄넘기를 하고 있었다. 우메무라는 힘차게 휘파람을 불면서 소녀에게 다가갔다.

"스미짱, 데려왔어."

스미코는 기승스레 눈을 치떠 보며 낯을 붉혔다. 그러고 나서 그들은 산으로 숨었다.

겨울날 일요일이 되면 그는 아침부터 동박새 소쿠리와 끈끈이를 들고 부모님 눈을 속이며 산으로 갔다. 스미코 일행은 어깨에서 무릎까지 오는 큼직한 대소쿠리를 메고 마른

솔잎을 주우러 왔다.

우메무라가 언덕 위에서,

"준비됐어? 굴린다!" 말하면 그가 산기슭에서 대답한다.

"좋아!"

스미코는 대소쿠리 안에 몸을 웅크린 채 손발을 뻗디딘다.

"하나, 둘, 셋!"

대소쿠리가 언덕 내리막을 데굴데굴 굴러 내려온다. 소쿠리 안에서 소녀의 옷자락이 꽃을 피운다. 두 팔을 크게 벌려 기다리고 있던 그가 소쿠리에 달려든다. 그대로 몇 미터를 질질 미끄러진다. 소쿠리 안에서 발그레해진 스미코가 달라붙은 기모노에 무릎이 붙들려 휘청거리며 나온다. 그에게 안겨 몸을 일으키고 머리카락을 매만진다.

"자유!"

"자유!"

언덕 위와 아래에서 신호 소리를 지른다. 그리고 제각기 자유의 마른풀 속으로 사라져간다.

이 일이 그의 마을에 알려졌다. 아버지는 마을 사람들이 모인 말석에서 머리를 숙였다.

"이번 제 자식이 마을 여러분의 얼굴에 먹칠을 하는 못된 짓을 저질렀으니 참으로 면목이 없습니다. 옛날 같으면 참수형이거나 인연을 끊는 의절이 마땅합니다만, 여러분의 눈앞에 더 이상 나타나는 일이 없도록 중학교 기숙사에 보내기로 했으니 아무쪼록 인정을 베푸시어 너그러운 배려를 부탁드립니다."

아버지와 함께 조아렸을 때, 중학교 2학년인 그는 마음속으로 외쳤다.

"인도人道의 적! 도깨비! 사람도 아니야! 풍습의 유령! 나는 죽어도 스미코를 아내로 맞이할 테야!"

그 후 20년 지났다. 그는 구리시마 자작의 원유회에 참석했다.

그동안 그는 대학을 나와 6, 7년 로마의 대사관에 부임해 있다가 지금은 외무성에 돌아와 있다. 관보官報를 늘 보고 있는 터라 우메무라의 소식도 그는 알고 있었다. 우메무라는 해군대학을 나와 새 전투함을 탔었는데, 지금은 군령부에서 좋은 위치에 있는 모양이다. 하지만 부락 출신 군인은 아무리 뛰어난 인물이라도 어느 정도까지밖에 승진하지 못한다는 이야기를 듣자, 그는 우메무라를 위해 분노를 느꼈다. 또한 우메무라가 어느 정도로 출세하기까지는 이런 낡은 관습이 사라질 거라고도 생각했다.

그 두 사람이 구리시마 자작댁의 모란 정원에서 14, 15년 만에 얼굴을 마주했다.

"야아!"

큰 소리로 어깨를 치는 너무나 대장부다운 해군 장교에게 압박을 느낀 그는 어깨를 되받아치지 못했다.

곁에 선 귀부인이 기승스레 눈을 치떠 보았다. 그가 깜짝 놀라는 걸 보고 우메무라가 말했다.

"아 참 그렇지. 자넬 만나면 말해두고 싶다고 생각한 게 있어. 스미코 말이야, 이 사람이 소녀 시절에 그런 식으로 상대한 건 대여섯 남자가 아니야. 그 시절엔 우리 마을에 그런 게 유행이었지."

"……"

"어린 시절이 재미있었죠." 스미코가 대수롭지 않은 듯 미소 지었다.

"야아, 잠깐 실례. 비행 장교 친구가 와 있군. 그럼 또."

우메무라 일행은 성큼성큼 노가쿠能楽堂당* 쪽으로 걸어갔다.

혼자 남겨진 그는 주변의 모란꽃보다 더 붉어졌다.

* 일본의 가면 음악극 무대.

유리

열다섯 살이 된 약혼녀 요코가 낯빛을 잃은 채 들어
왔다.

"머리가 아파요. 너무나 가여운 모습을 보고 말았어요."

술병을 만드는 유리 공장에서 소년 직공이 피를 토한
뒤 크게 화상을 입고 기절했다. 그 모습을 요코가 봤다는 것
이다.

그도 그 유리 공장을 알고 있었다. 뜨거운 작업이라 거
의 1년 내내 창문을 열어놓았다. 행인 두세 명이 늘 창문 앞
에 멈춰 서 있었다. 길 건너편에는 하수처럼 썩은 강물이 기
름에 번쩍거릴 뿐 흐르지 않았다.

햇살이 비치지 않는 눅눅한 공장에서는 직공이 기다란
막대기로 불덩어리를 휘두르고 있었다. 그들의 셔츠는 그들
의 얼굴처럼 땀으로 흥건했고, 그들의 얼굴은 그들의 셔츠
처럼 꾀죄죄했다. 불덩어리가 막대기 끝에서 늘어나 병 모
양이 된다. 물에 담근다. 조금 지나서 꺼내고 싹둑 부러뜨린
다. 그것을 허리 구부정한 아귀 같은 아이가 부젓가락으로

주위 끝손질하는 화로 쪽으로 쪼르르 뛰어간다 — 이처럼 공중을 돌아다니는 불덩어리와 유리 소리의 자극에, 공장을 선 채 들여다보는 이들은 10분 만에 머리가 유리 파편처럼 꺼칠꺼칠해져 굳어버린다.

요코가 들여다보고 있을 때, 병을 나르던 아이가 쿨럭 쿨럭 피를 토하더니 두 손으로 입을 틀어막으며 주저앉았다. 공중에 떠 있던 불덩어리가 어깨를 치고 말았다. 아이는 피투성이가 된 입을 벌려 찢어지듯 소리를 지르며 벌떡 몸을 일으켰나 싶었는데, 빙그르르 한 번 돌고는 푹 쓰러졌다.

"위험해! 바보 녀석."

미지근한 물을 끼얹었다. 소년 직공은 기절했다.

"그 사람 틀림없이 병원에 갈 돈이 없을 거예요. 내가 위로금을 좀 주고 싶어요."

"그야 주면 좋겠지. 하지만 불쌍한 직공은 그 아이 한 명이 아니야."

"오빠, 고마워요. 정말 기뻐."

20일쯤 지나 그 소년 직공이 감사 인사를 하러 왔다. 아가씨에게, 라고 하기에 요코가 현관으로 나갔다. 정원에 선 소년은 문틀을 잡고 머리를 숙였다.

"어머, 벌써 나았어요?"

"네?" 소년의 창백한 얼굴이 놀랐다. 요코는 울상이 되었다.

유리   95

"화상 입은 상처는 이제 괜찮아요?"

"네." 소년은 셔츠 단추를 풀려고 했다.

"아니, 그만……"

요코는 도망쳐 왔다.

"오빠, 난……"

"이걸 갖다줘."

그는 약혼녀에게 돈을 건넸다.

"난 이제 가기 싫어요. 하녀에게 줘요."

그 후 10년 지났다.

그는 어느 문예잡지에서 「유리」라는 소설을 읽었다.

그가 사는 동네 풍경이 그려져 있다. 기름에 번쩍거리며 흐르지 않는 강이 있다. 불덩어리가 날아다니는 지옥이 있다. 각혈. 화상. 부르주아 소녀의 은혜. ─

"요코, 요코!"

"무슨 일이에요?"

"유리 공장의 아이가 기절한 걸 보고 당신이 돈을 준 적이 있었지? 여학교 1학년인가 2학년 때."

"네. 그런 적이 있었죠."

"그 아이가 소설가가 돼서 그때 일을 썼어."

"어디 봐요."

요코는 그에게서 잡지를 빼앗아버렸다.

하지만 아내 뒤에서 들여다보며 「유리」를 읽어나가는 중에, 그는 이 소설을 아내에게 보여준 것을 후회하기 시작했다.

소년은 그 후 꽃병 공장에 들어갔다고 썼다. 그는 거기서 꽃병 색깔이며 모양 디자인에 뛰어난 재능을 보였기 때문에 전처럼 병든 몸을 혹사하지 않아도 되었다. 그리고 자신이 고안한 가장 아름다운 화병을 그 소녀에게 보낼 수 있었다고 썼다.

아니 나는 — (이런 의미의 이야기가 쓰여 있다.) — 4, 5년간 끊임없이 한 부르주아 소녀를 대상으로 꽃병을 만들어왔다. 나로 하여금 계급에 눈뜨게 한 것은 비참한 노동 생활의 경험이었을까. 한 부르주아 소녀를 향한 사랑이었을까. 나는 그때 피를 토하고 끝까지 토해 죽는 편이 차라리 옳았다. 저주스러운 적의 은혜여. 굴욕이여. 그 옛날, 성을 공략당한 무사의 어린 아기는 적의 동정으로 생명을 구했지만, 그 아이 앞에는 아비를 죽인 남자의 첩이 될 운명이 기다릴 뿐이었다. 그 소녀의 첫번째 자비는 내 목숨을 구했다. 두번째 자비는 내게 새로운 일자리를 찾을 여유를 주었다. 하지만 그 새로운 직업, 나는 어느 계급을 위해 꽃병을 만들었는가? 나는 적의 첩이 되었다. 나는 그 소녀가 어째서 가련해질 수 있었는지 알고 있다. 어째서 베풀 수 있었는지 알고 있다. 그러나 인간이 사자처럼 네발로 걸을 수 없는 것과 마

유리 97

찬가지로, 나는 소년의 꿈을 떨쳐낼 수가 없다. 이를테면 나는 적의 저택이 불에 타 무너지는 걸 공상한다. 그러면 나는 화사한 소녀 방의 아름다운 꽃병이 불에 타 처참하게 부서지는 비탄을 듣는다. 그 소녀의 아름다움이 망가지는 걸 생각한다. 나는 계급 전선에 서 있으면서도 결국 한 장의 유리판이다. 한 개의 유리 덩어리다. 하지만 또한 현대에서 우리 동지들 가운데 등짝에 유리를 메고 있지 않은 사람이 한 사람이라도 있는가. 우선 적에게 우리 등짝의 유리를 깨부수게 해야 한다. 내가 유리와 함께 사라진다면 도리 없다. 만약 사라지기는커녕 오히려 홀가분해질 수 있다면 나는 신이 나서 계속 싸우리라.

소설 「유리」를 끝까지 읽은 요코는 아득한 눈빛이었다.

"그 꽃병이 어디로 갔을까?"

그는 이토록 고분고분한 아내의 표정을 본 적이 없다.

"난, 그때 아직 아이였어요."

그의 낯빛이 바뀌었다.

"그야 그렇지. 다른 계급과 싸우건, 다른 계급 입장에서 자신의 계급과 싸우건 개인으로서 자신이 가장 먼저 망한다는 각오를 지녀야 해."

그런데 그는 신기했다. 이 소설에 나오는 소녀 정도의 가련함과 신선함을 아내에게 느낀 적이 예전부터 한 번도 없었다.

허리가 구부정한 풋된 아귀 같은 그 환자에게, 어떻게
이런 힘이 있는 것일까.

오신ぉ信 지장보살

산속 온천 여관 뒤뜰에 큼직한 밤나무가 있다. 오신 지장보살은 그 밤나무 아래에 있다.

명승지 기록에 따르면 오신은 1872년 예순세 살에 죽었다고 한다. 스물네 살 때 남편이 먼저 세상을 뜬 이후로 평생 과부로 지냈다고 한다. 즉 마을의 젊은 남자들 중 어느한 사람도 빠짐없이 가까이했다. 오신은 산골 젊은이들을 모두 평등하게 받아들였다. 젊은이는 그들끼리 서로 질서를 지키며 오신을 나누어 가졌다. 소년이 일정한 나이에 이르면 마을의 젊은이들은 오신을 공유하는 무리에 넣어주었다. 젊은이가 아내를 얻게 되면 그 무리에서 나가야 했다. 이런 오신 덕분에 산골 젊은이들은 70리 산마루를 넘어 항구의 여자 집에 다닐 필요가 없었고, 산골 처녀들은 순결했으며, 산골 아낙들은 정결했다. 이 골짜기의 모든 남자가 개울에 걸린 다리를 건너 저마다의 마을로 들어가듯, 이 마을의 모든 남자는 오신을 밟고 어른이 되었다.

그는 이 전설을 아름답다고 여겼다. 오신을 동경했다.

그러나 오신 지장보살은 오신의 옛 모습을 제대로 전하지 못한다. 눈코도 있는 둥 마는 둥 흐릿한 빡빡머리다. 어느 묘지에 쓰러져 있던 허름한 지장보살을 누군가 주워 온 건지도 모른다.

밤나무 건너편은 갈보집이다. 그곳과 온천 여관을 몰래 오가는 온천 손님들은 밤나무 아래를 지날 때, 오신의 빡빡머리를 쓱 어루만지고 간다.

여름 어느 날, 손님 서너 명이 모여 빙수를 주문했다. 그는 한 모금 마시고 퉤, 내뱉고는 눈살을 찌푸렸다.

"잘못됐나요?" 여관 종업원이 말했다.

그는 밤나무 건너편을 가리켰다.

"저 집에 주문했겠지?"

"네."

"저곳의 여자가 만들었겠지? 지저분하잖아."

"별 말씀을. 하지만 주인아주머니가 만들어주셨어요. 제가 직접 보고 가져온 걸요."

"그래도 컵이나 숟가락은 여자가 씻겠지?"

그는 컵을 집어 던지듯 내려놓고 침을 뱉었다.

폭포를 보고 돌아오는 길에 그는 승합마차를 불러 세웠다. 올라탄 동시에 그는 몸이 굳어졌다. 보기 드물게 어여쁜 처녀가 타고 있다. 이 처녀를 보면 볼수록 그는 여자를 느꼈다. 홍등가의 께느른한 욕정이 세 살 아이 적부터 이 처녀의 몸에 스며들어 피부를 적셨을 게 틀림없다. 오동통한 전신 어디에도 도드라진 구석이라곤 없다. 발바닥에도 두툼한 군은살이 없다. 검은 눈이 빠끔 뚫린 밋밋한 얼굴은 피로를 모르는 신선한 방심 상태를 드러낸다. 뺨 빛깔을 보기만 해도 발 빛깔을 알 수 있을 듯 매끄러운 피부는 맨발로 짓밟고 싶은 기분을 불러일으킨다. 그녀는 양심 없는 폭신한 침상이다. 이 여자는 남자의 세속적인 양심을 잊게 하기 위해 태어났으리라.

그는 처녀의 무릎 온기에 훈훈해지면서 눈길을 돌려 골짜기에 떠 있는 먼 후지산을 보았다. 그리고 처녀를 보았다. 후지산을 보았다. 처녀를 보았다. 그리고 오랜만에 색정이라는 것의 아름다움을 느꼈다.

시골 할머니를 따라 처녀도 마차에서 내렸다. 개울의 다리를 건넜다. 골짜기로 내려갔다. 밤나무 건너편 여관으로 들어갔다. 그는 깜짝 놀랐다. 그러나 이 처녀의 운명에 아름다운 만족을 느꼈다.

"이 여자야말로 남자 몇 명을 만난들 피로하지도 닳지도 않겠지. 이 타고난 매춘부야말로 이 세상 수많은 매춘부처럼 눈이며 피부색이 칙칙해지거나 목이며 가슴, 허리 모양새가 변하는 일은 없을 테지."

그는 성스러운 이를 발견한 기쁨에 눈물겨웠다. 오신의 옛 모습을 본 것 같았다.

가을, 사냥철이 시작되기만을 고대하다 그는 다시 이 산으로 왔다.

여관 사람들이 뒤뜰에 나와 있었다. 주방장이 나무 막대기를 밤나무 가지 끝에 던졌다. 갈색 밤송이가 떨어졌다. 여자들이 주워 껍질을 벗겼다.

"좋아, 시험 삼아 한 방."

그는 가방에서 엽총을 꺼내 가지 끝에 조준했다. 골짜기의 메아리에 앞서 밤송이가 쏟아졌다. 여자들은 함성을 질렀다. 온천 여관의 사냥개가 총소리를 듣고 날뛰었다.

그는 문득 밤나무 건너편을 보았다. 그 처녀가 걸어온다. 살결은 매끈하니 아름답지만 창백하고 시들시들한 피부로 걸어온다. 그는 곁에 있는 종업원을 둘러보았다.

"저 사람, 병으로 줄곧 몸져누워 있었어요."

그는 색정이라는 것에 대해 아프도록 환멸을 느꼈다. 무언가에 분개하면서 연달아 방아쇠를 당겼다. 가을 산의 고요를 찢는 소리. 밤송이의 비.

사냥개는 사냥감 가까이 달려 나가더니, 짓궂게 한 번 짖으면서 고개를 숙이고 앞발을 내뻗었다. 앞발로 밤송이를 가볍게 톡톡 치더니 한 번 더 짖었다. 창백한 처녀가 말했다.

"어머! 개한테도 밤송이는 아파요."

여자들이 까르르 웃었다. 그는 드높은 가을 하늘을 느

껐다. 한 방 더.

갈색 가을비 한 방울, 밤송이가 오신 지장보살의 빡빡 머리 바로 위에 떨어졌다. 밤톨이 튕겨 흩어졌다. 여자들은 자지러지게 웃으며 와아! 함성을 올렸다.

미끄럼 바위

아내와 아이를 데리고 산속 온천에 와 있다. 아이를 낳는 탕으로 이름 높은 온천이다. 굉장히 몸을 덥혀주는 탕이니 여자에게 좋은 게 틀림없겠지만, 이를테면 소나무나 바위가 아이를 점지해준다는 식의 미신으로 포장되어 있다.

그는 나라즈케*의 참외 얼굴을 한 이발사에게 수염을 깎는 동안 소나무 이야기를 듣고 있다. (그 이야기를 쓰는 건 여성의 명예를 위해 조심해야만 한다.)

"우리 젊었을 적엔 자주 보러 갔었죠. 동틀 무렵에 일어났는데, 그 시각에 여자가 소나무를 끌어안으러 오니까요. 하여간 아이를 원하는 여자는 거의 미치광이나 마찬가지라니까요."

"지금도 볼 수 있나?"

"그게 말이죠, 10년도 전에 베어버렸어요. 하여간 엄청나게 큰 소나무였죠. 그 목재로 집을 두 채나 지었고요."

* 재강에 월과 따위를 절인 식품.

"흠. ─ 그런데 누가 베었지? 베어낸 놈은 대단히 훌륭한 놈이겠지."

"그게 말이죠, 현청의 명령으로. 하여간 풍기가 문란하니까요."

저녁 식사 전에 그는 아내와 대욕탕에 몸을 담그고 있다. 대욕탕이라 부르는 건 공동탕인데, 이곳이 여자에게 효험이 있다고 하여 온천장의 보물이 되었다. 여관의 내탕에서 우선 몸을 깨끗이 씻고 나서 돌계단을 내려가 대욕탕으로 가는 게 목욕객의 습관이다. 대욕탕은 세 방향만 욕조 모양에 판자로 둘러쳤는데, 밑바닥은 천연 암석이다. 판자가 없는 한쪽에는 욕조 모양이 틀어지면서 코끼리 같은 바위가 우뚝 서 있다. 반들반들한 검은 바위 결이 온천수에 젖어 매끈하다. 그 바위 위에서 탕 안으로 미끄러져 떨어지면 아이가 생긴다고 하여 '미끄럼 바위'라고 불린다.

그는 이 '미끄럼 바위'를 볼 때마다,

"이 괴물은 인류를 비아냥거린다"라고 느낀다. 아이를 꼭 낳아야 한다고 생각하는 인간도, 바위에서 미끄러지면 아이가 생긴다고 여기는 인간도, 이 미끈미끈한 커다란 얼굴에 비웃음당하고 있다고 생각한다.

그는 탕 안에서 검은 벽 같은 얼굴을 향해 쓴웃음을 짓는다.

"바위여! 케케묵은 내 아내도 목 위를 잘라버리고 탕에 들어온다면, 나는 신선한 경이로움을 느낄지도 모르지.”

정말이지 그는 부부와 아이뿐인 탕 안에서 아내가 다소
진기하게 여겨진 탓에, 아내를 잊어버리고 있었던 근래의
자신을 떠올렸다.

미미카쿠시* 여자가 알몸으로 돌계단을 내려왔다. 스페
인 핀을 빼내 선반 위에 두고는,

“어머! 정말 귀여운 따님이네요” 하며 탕에 잠겼다. 알
몸으로 일어섰을 때, 여자의 새로운 머리카락은 꽃잎을 뜯
어내고 꽃술만 남은 작약 같다.

그는 부부 말고 혼욕하는 사람이 있으면 어쩐지 비참한
기분이 되는 터라, 더구나 젊은 여자와 아내를 탕 안에서 얼
결에 비교하지 않을 수 없어 자기혐오에 빠지고 공허한 느
낌에 가라앉고 말았다.

“나도 소나무를 베어다 집을 지어야겠어. 이 사람이 내
아내, 내 아이, 이 말은 모든 미신을 품고 있지 않나? 응? 바
위여!”

그러나 아내는 탕에서 상기되어 눈꺼풀 윤곽이 풀어
졌다.

탕 위에 노란 물결이 떨어지면서 하얗게 김이 떠올
랐다.

* 귀가 가려지도록 다듬은 여성의 머리 모양. 1921년경에 유행했다.

"이것 봐, 아가야. 전등이 켜졌네. 전등이 몇 개지?"

"두 ─ 개."

"두 개지? 천장에 한 개, 탕 바닥에 한 개. ── 아가야, 전등은 힘이 센걸. 탕 바닥으로 자꾸자꾸 헤엄쳐 가네. 진짜 힘이 센걸."

미미카쿠시 여자가 아이를 말끄러미 보았다.

"따님은 정말 똑똑하네요."

아내와 아이를 먼저 재우고 열 통 남짓 편지를 썼다.

내탕의 탈의실에서 그는 퍼뜩 놀라 서서 꼼짝 못 했다.

미끄럼 바위에 하얀 개구리가 달라붙어 있다. 엎드린 그녀는 손을 놓았다. 발뒤꿈치를 올렸다. 스르르 미끄러져 떨어졌다. 탕이 껄껄껄 노랗게 웃었다. 그녀는 바위를 기어 올라갔다. 철썩 달라붙었다. 그 여자다. 미미카쿠시 머리를 수건으로 단단히 감쌌지만 해거름의 그 여자다.

그는 허리띠를 잡은 채, 소리 없는 가을 한밤중에 계단을 뛰어 올라갔다.

"저 여자는 오늘 밤 내 아이를 죽이러 올 거야."

아내는 아이를 안고서 베개 위에 머리카락을 펼치고 잠들었다.

"바위여! 너의 시시한 미신을 믿고 있는 여자의 행동마저 내가 이토록 두려워하게 만들었구나. 그렇다면 이 사람이 내 아내, 내 아이라는 나의 미신은 내가 모르는 사이에 세상의 수백, 수천의 인간을 전율시키고 있는지도 모르지. 그렇지 않은가, 바위여!"

그리고 그는 아내에게 새로운 애착을 느꼈다. 그녀의 손을 잡아당겨,

"이봐!" 하고 깨웠다.

고맙습니다

올해는 감 풍년이라 산 가을이 아름답다.

반도 남단의 항구. 막과자가 진열된 대합실 2층에서 자 줏빛 옷깃의 노란 옷을 입은 운전사가 내려온다. 밖에는 빨 간색 대형 정기 승합자동차가 자줏빛 깃발을 세우고 있다.

어머니는 막과자가 든 종이봉투 주둥이를 다잡아 쥐고 몸을 일으키며, 구두끈을 말쑥하게 묶고 있는 운전사에게 말한다.

"오늘은 자네가 당번이로구먼. 그렇구먼. '고맙습니다' 씨가 데려가준다면 이 아이한테도 행운이 찾아와줄 테지. 좋은 일이 생길 징조구먼."

운전사는 곁의 처녀를 보고 말이 없다.

"언제까지고 미뤄본들 기약 없으니께. 더구나 이제 곧 겨울이니께. 추울 때 이 아이를 멀리 내보내는 건 가엾으니 께. 기왕 보낼 거면 날씨 좋을 때가 좋겠다 싶은거. 데려가 기로 했다네."

운전사는 잠자코 끄덕이고는 병사처럼 자동차로 다가

가 운전석 방석을 단정히 매만진다.

"할머니, 제일 앞쪽으로 타세요. 앞쪽이 덜 흔들려요. 한참 가야잖아요."

150리 북쪽, 기차가 있는 마을로 어머니가 딸을 팔러 가는 길이다.

산길에 흔들리면서 처녀의 눈빛은 바로 앞 운전사의 반듯한 어깨에 머물러 있다. 노란 옷이 눈 속에서 세계처럼 퍼져 나간다. 주위의 산 모습이 그 어깨 양쪽으로 갈라진다. 자동차는 높다란 산마루 두 개를 넘어야 한다.

승합마차를 따라잡는다. 마차가 갓길로 물러난다.

"고맙습니다."

운전사는 해맑은 목소리로 또렷이 말하고, 딱따구리처럼 머리 숙여 산뜻하게 경례한다.

목재를 실은 짐마차와 마주친다. 짐마차가 갓길로 물러난다.

"고맙습니다."

아주 큰 짐수레.

"고맙습니다."

인력거.

"고맙습니다."

말馬.

"고맙습니다."

그는 10분간 서른 대의 마차를 추월하면서도 예의를 잃지 않는다. 천 리를 내달려도 단정한 모습을 흐트리지 않는다. 마치 올곧은 삼나무처럼 소박하고 자연스럽다.

항구를 3시경 떠난 자동차는 도중에 불을 밝힌다. 운전사는 말과 마주칠 때마다 일일이 앞 등을 꺼준다. 그리고,

"고맙습니다."

"고맙습니다."

"고맙습니다."

그는 150리 도로의 마차, 짐수레, 말 들에게 가장 평판이 좋은 운전사다.

정류장 광장의 저녁 어스름 속에 내려서자, 처녀는 몸이 흔들리고 발이 공중에 붕 떠 있는 기분으로 휘청거리는데 어머니가 붙잡는다.

"기다려라." 말을 내뱉고 어머니는 운전사에게 매달린다.

"이보게, 이 아이가 자넬 좋아한다는구먼. 내 소원일세. 두 손 모아 빌겠네. 어차피 내일부턴 생판 모르는 사람의 노리개가 될 거네. 참말이여. 어느 마을의 아가씨라도 자네 자동차에 100리나 타본다면야."

다음 날 새벽녘, 운전사는 여인숙을 나와 병사처럼 광장을 가로질러 간다. 그 뒤를 어머니와 처녀가 종종걸음을 치며 따라간다. 차고에서 나온 빨간색 대형 정기 승합자동차가 자줏빛 깃발을 세우고 첫번째 기차를 기다린다.

처녀는 먼저 올라타 입술을 맞부딪치면서 운전사석의 검은 가죽을 어루만지고 있다. 어머니는 아침 추위에 소맷자락을 마주 모았다.

"어허어허, 이 아일 또다시 데리고 돌아가다니. 오늘 아침 이 아이는 눈물 바람에다 자넬 나를 호통치니. 내 여린 마음이 낭패구려. 데리고 돌아가기는 해도, 알겠나, 봄까지만이야. 이제 곧 닥칠 추위에 내보내는 건 불쌍해서 참지만, 이제 날이 풀리면 이 아일 집에 놔둘 수가 없다네."

첫번째 기차가 손님 셋을 자동차에 내려놓고 간다.

운전사가 운전석 방석을 단정히 매만진다. 처녀의 눈빛은 바로 앞 따스한 어깨에 머물러 있다. 가을 아침 바람이 그 어깨 양쪽으로 흐르며 분다. 승합마차를 따라잡는다. 마차가 갓길로 물러난다.

"고맙습니다."

짐수레.

"고맙습니다."

말.

"고맙습니다."

"고맙습니다."

"고맙습니다."

그는 150리 야산에 고마움을 가득 채우고, 반도 남단의 항구로 돌아간다.

올해는 감 풍년이라 산 가을이 아름답다.

만세

언니는 스무 살, 여동생은 열일곱 살. 같은 온천장의 각기 다른 여관에서 고용살이를 하고 있다. 둘 다 무척 아름다우나 심성이 약하다. 두 사람이 서로 왕래하는 일은 좀처럼 없다. 그저 이따금 마을 극장에서 만난다.

연극은 두 달에 한 번쯤 추석이나 설날, 농한기, 궁중 제사가 있는 날, 마을 축제 때 유랑 배우들이 와서 대개 사흘간 흥행한다. 여관의 여종업원들은 짬이 나기만 하면 이틀 밤을 보러 간다. 따라서 자연스레 언니와 동생은 미리 약속하지 않아도 만나게 된다. 하지만 잠깐 선 채 이야기를 나눌 뿐 곧장 양쪽 관람석으로 헤어지고 만다. 두 사람이 너무나 꼭 닮은 데다 둘 다 아름다운 탓에 모두들 말똥말똥 쳐다보니 곤혹스러워서다. 떨어져 있어도 여러 소리를 듣는다.

"무대 배우가 그러는데, 같이 나란히 앉아달라는군. 추파를 던지기 힘들대."

그렇지만 활동사진을 볼 때는 아름답게 바싹 달라붙어 앉아 구경한다. 화면이 꺼지고 환해지면 둘 다 얼굴이 빨개져서 긴장한 채 고개를 숙이고 만다.

언니 여관의 남자 손님이 동생 여관의 여자 손님을 알
게 되었다. 남자가 먼저 묻는다.

"고향은?"

"전 고향이 없어요."

"오래 머물 건가요?"

"네, 한 달쯤."

"앞으로 쭉?"

"잘 모르겠어요. 일본에서 이곳부터 서쪽의 온천이라면
전 대개 알고 있는데, 이렇게 재미없는 온천은 없는 것 같아
요. 글쎄 한 달이나 꼼짝 못 하니까요."

그리고 여자는 스무 곳쯤 온천의 인상을 연거푸 늘어놓
는다.

"저는 유랑 연예인의 딸이에요. 아버지가 출가를 해서
……" 하고 웃는다.

대여섯번째 만났을 때, 여자는 드디어 말한다.

"저를 어딘가 다른 온천으로 데려가주실래요? 다음 온
천으로 데려가주시기만 하면 그저 그것만으로 충분해요. 그
곳에서 제가 싫어지면 당신은 집으로 돌아가세요."

그러고 나서 여자는 평생의 꿈을 이야기한다. 그녀는
남쪽 지방의 온천장을 흘러 다니는 유랑 연예인의 딸이었

다. 일본 전국의 온천을 동경했다. 아픈 여행을 계획했다. 한 온천장 여관에서 그녀를 다음 온천장으로 옮겨줄 남자를 기다린다. 거기서 다시 또 하나의 북쪽 온천장으로 데려가줄 다른 남자를 찾는다. 이렇게 해서 그녀는 북쪽으로 남자 수만큼의 온천을 왔다고 한다.

"이곳엔 한 달이나 있었으니 당신한텐 좀 안됐군요. 매일 안절부절못하며 슬퍼졌어요. 홋카이도의 제일 북쪽 온천에 당도하기 전까지는 길바닥에 쓰러져 죽고 싶지 않아요. 그곳까지 온천이 몇 개 있을까요? 젊을 때 가지 않으면 아무도 데려가주지 않는 걸요."

남자가 유쾌하게 말한다.

"좋아. 그 공상을 사겠네."

지붕 없는 자동차 한 대가 기다리고 있다.

두 여관의 여종업원들이 남자와 여자를 배웅하러 온다. 언니와 동생이 자동차 옆에서 만난다.

두 사람을 태우고 움직이기 시작한 자동차 안에서 여자는 휙 돌아다보고는, 억새꽃 다발을 크게 흔들며 기쁜 듯 외친다.

"만세! 만세! 만세!"

"안녕."

"안녕"이라고 한 여종업원 하나가 여자의 목소리에 이

끌려,

"만세!" 그러자 바로 예닐곱 명에게 전염된다.

"만세!"

"만세!"

"만세!"

멀어져가는 여자도 연신,

"만세, 만세, 만세!"

몸을 흔들고 깔깔깔 웃으며, 어느 틈엔가 손을 맞잡은 언니와 동생은 서로 끌어안고 춤추고 싶은 눈길을 언뜻 마주 보고 나서 꼭 잡은 손을 드높이 뻗어 환한 얼굴로 기쁘게 외친다.

"만세!"

"만세!"

수유나무 도둑

산들산들산들
가을을 부는 바람

초등학교 여자애가 노래 부르며 산길을 걸어 돌아간다.

옻나무에 단풍이 들었다. 허름한 요릿집 2층은 가을바람을 모르는 듯 활짝 열어젖혀져 있다. 거기서 조용히 도박을 하는 인부들의 어깨가 길에서 얼핏 보인다.

우편배달부가 툇마루에서 몸을 웅크린 채 찢어진 고무작업화 속으로 엄지발가락을 끼워 넣으려 끙끙대고 있다. 그는 소포를 받아 든 여자가 다시 밖으로 나오기를 기다리는 중이다.

"오호, 그 기모노로군."

"그래요."

"곧 겹옷을 보내올 때가 됐다고, 나도 생각했지."

"싫어요, 내 신변을 죄다 꿰고 있다는 표정⋯⋯"

여자는 방금 기름종이 꾸러미에서 막 꺼낸 새 겹옷으로

갈아입고 왔다. 툇마루에 앉아 무릎의 주름을 펴고 있다.

"그야, 당신한테 오는 편지건 당신이 부치는 편지건 내가 전부 읽으니까."

"편지 따위에 진짜 이야기를 쓸 거라고 생각하는 거예요? 직업에 걸맞지 않게."

"난 당신처럼 거짓말이 직업이 아니라서."

"오늘, 나한테 온 편지는?"

"없어."

"우표가 안 붙은 편지도?"

"없다니까."

"묘한 표정이네요. 당신은 나한테 엄청 빚을 졌다고요. 당신이 국회의원이라도 되면 연애편지에 한해 우표 불필요라는 법률을 만들 테지만, 지금은 그렇지 않거든요. 퀴퀴한 엿 같은 문구를 써놓고선 자기 편지를 자, 우편물이요, 하면서 배달하다니. 벌금을 내세요. 우푯값을 받아야겠어요. 난 용돈이 없어요."

"목소리가 커."

"내라니까요."

"도리 없군." 그는 주머니에서 은화를 한 닢 툇마루에 버린다. 그리고 가죽 가방 끈을 끌어당겨 기지개를 켜면서 몸을 일으킨다.

인부가 셔츠 바람으로 2층에서 부리나케 구르듯 내려

온다. 인간을 창조하다 싫증 난 조물주가 꾸벅꾸벅 졸면서 갖다 붙였을 법한 눈이며 코가 번뜩인다.

"돈이 떨어져 있구먼. 아가씨, 그 50전 빌려주라."

"뭐라고 지껄이는 거야! 애송이 녀석."

여자는 은화를 잽싸게 주워 허리춤에 감춘다.

아이가 굴렁쇠에 가을 소리를 내고 돌리면서 달린다.

숯쟁이 딸이 숯 가마니를 짊어지고 산을 내려온다. 그녀는 도깨비 섬을 정벌하고 돌아오는 모모타로*처럼 커다란 수유나무 가지를 들쳐 메고 있다. 그것이 흡사 푸른 잎사귀 달린 산호수인가 싶을 만큼 붉은 열매가 근사하게 영글었다.

숯과 수유 가지를 들고 마을 의사한테 인사하러 가는 길이다.

"숯만으로 괜찮을랑가?" 그녀는 숯 굽는 오두막을 나설 때 몸져누운 아버지에게 말했다.

"숯 말고는 아무것도 없습니더, 그리 말혀."

"아버지가 구운 숯이라믄 몰라도, 내가 구운 숯이잖여. 부끄러워서. 아버지가 일어나셔서 숯을 구울 때까지 기다릴까."

* 일본 옛날이야기에 나오는 주인공.

"그라믄, 어느 산에서든 감이라도 얻어 가."

"그럼, 그럴게요."

하지만 처녀는 감을 훔치지 못하고 어영부영하는 사이, 어느덧 논밭이 있는 곳까지 내려오고 말았다. 논두렁에 난 수유나무의 산뜻한 붉은 빛깔이 그녀의 눈에서 도둑질하려는 우울한 기분을 말끔히 떨쳐내고 말았다. 나뭇가지에 손을 뻗었다. 낭창하니 휘어질 뿐 꺾이지 않는다. 두 손으로 매달리듯 잡아당겼다. 뜻밖에 커다란 가지가 줄기째 찢겨 그녀는 엉덩방아를 찧었다.

방긋방긋 웃으며 수유 열매를 하나씩 따다 입에 넣고 처녀는 마을로 내려간다. 혓바닥이 떫은맛으로 까칠까칠하다. 초등학교 여자애가 돌아온다.

"줘요."

"줘요."

처녀는 방긋방긋 웃으며 산호수 같은 나뭇가지를 말없이 내민다. 아이들 대여섯 명이 저마다 붉은 수유송이를 찢어 갖는다.

처녀는 마을로 들어갔다. 요릿집 툇마루에 여자가 있다.

"어머, 예뻐라! 수유 열매잖아 ─. 어디 가니?"

"의사 선생님한테."

"요전에 대나무 가마를 들고 의사 선생님을 모시러 온

게 너네 집이니? — 빨간 엿보다 예쁘구나. 한 알 주렴."

처녀는 수유나무 가지를 내밀었다. 나뭇가지가 여자의
무릎에 놓이자 손을 놓았다.

"이거 받아도 돼요?"

"괜찮아."

"가지째 전부?"

"괜찮아."

처녀는 여자의 새 비단 겹옷에 화들짝 놀라고 말아, 낯
을 붉히며 총총걸음으로 물러난다.

여자는 제 무릎 넓이의 곱절 반이나 되는 수유나무 가
지를 보고 화들짝 놀라고 말았다. 입에 한 알 넣었다. 새콤
한 그 차가움이, 문득 고향을 떠올리게 했다. 겹옷을 부쳐준
어머니도 지금은 고향에 없다.

아이가 굴렁쇠에 가을 소리를 내고 돌리면서 달린다.

여자는 산호수 그늘 허리춤에서 은화를 꺼내 종이에 감
싸고, 고즈넉이 앉은 채 숯 굽는 처녀가 돌아오길 기다린다.

초등학교 여자애가 노래를 부르며 산길을 걸어 돌아
간다.

산들산들산들
가을을 부는 바람

당구대

그는 친구를 데리고 언덕 위를 올랐다. 나무 사이로 군데군데 지어진 임대 별장은 가을이 된 후로 완전히 닫혀 있다.

언덕 중앙에 옅은 물빛 양옥이 있다. 문을 열자 하얀 천 아래 당구대가 고즈넉이 자리 잡고 있다.

"새하얀 커버를 들추고 파란 쿠션*을 볼 때의 기분은 이루 말할 수가 없어. 찬물을 끼얹은 듯 마음이 맑아지지. 근처에 인기척도 없는 산골짜기니까. 도쿄의 당구장에는 없는 영감靈感이야."

그는 기다란 당구공 상자의 뚜껑을 열어 기울인다. 네 개의 홍백 공이 떼구루루, 파랑 위에 떨어진다.

"이보게, 떨어진 공 네 개가 흐트러짐 없이 일직선으로 줄지어 조용히 흘러가지. 이러한 균형미에 당구의 비법이 있지 않겠나?"

---

* 당구대의 공이 부딪히는 면.

"그 비법이라든가, 산도깨비에게 전수받은 솜씨를 어서 보고 싶군." 친구는 이렇게 말하며 어느새 큐를 들고 홍백공에 역학적인 예리한 운동을 시키고 있다.

그는 세 방향으로 난 유리창을 끼익끼익 밀어 올린다. 산 단풍이 당구장을 널찍하게 만든다. 그러고 나서 그는 긴 의자 위에 올라서서 시계태엽을 감는다.

"이보게나, 시계까지 맞추는가?"

"그럼. 시간제니까. 더구나 이건 내 규칙일세. 이 온천에서 지낸 반년간 나는 하루도 빠짐없이 이 당구장에 다녔는데, 먼저 커버를 벗기고 공 상자에서 공을 꺼내고 창문을 열고 시계를 감는다, 이것이 매일의 순서야. 지금은 이 규칙을 지키지 않으면 당구의 삼매경에 들어갈 수 없게 되었지. 하긴, 시계는 한 번 감아두면 1주일 움직이지만."

"어서 해보게나. 이제 와서 우물쭈물하는 건 비겁해. 난 자네한테 당구 실력이 좋아졌다는 편지를 스물세 통 받고 먼 곳까지 찾아온 거라네."

"이제 와서 군이 비겁한 변명을 늘어놓진 않겠네. 자네의 기대와 달리 뜻밖에 못 맞힐지도 몰라. 난 이 당구대에서 게임을 하면 묘하게 항상 당구 운이 나빠. 그런데 혼자서 연습 당구를 칠 때는 이 당구대가 멋들어지게 잘 맞아. 참으로 신기해. 그래서 온천장의 성수기인 8월이 내겐 가장 비참했지. 이곳에 처음 왔을 때의 지수는 50. 8월까지 석 달이나 연습했어. 혼자일 때는 100점을 치려고 하는데, 평균 7큐로 딸 수 있었지. 그래서 물론 하이런은 70, 80 나왔고, 하이애버리지는 30, 40이지. 50 돌파도 전혀 드물지 않아. 애버리지가 20 가까이. 혼자 당구를 칠 때는 아무래도 공을 조잡하고 경솔하게 다루기 쉽고, 당구대 오른쪽에서 왼쪽으로 도는 것조차 귀찮아지는 법이거든. 그럼에도 이 정도니까 50점으로 게임을 해서 질 리가 없어. 그런데 이 당구대에서는 도무지 이기지 못해. 정말이지 이상해. 더구나 난 사람들이 지켜본다고 해서 주눅이 들거나 긴장하지 않는 체질인데 말이야. 그 증거로 같은 온천 여관의 손님과 시내로 원정을 갔을 때도 내가 엄청나게 잘 치니까 상대 녀석이 말하길 내가 지수를 숨기고 있다는 거야. 화가 나서 70으로 올렸는데, 역시나 연달아 이겼지. 시골이라 지수가 세지 않은 탓도 있겠지만, 함께 간 손님은 내 끈질긴 승부욕에 혀를 내두를 정도였어. 그런데도 이 당구대로 돌아오면 어김없이 게임을 지고 말아. 어째선지 당구 운이 따르지 않아. 께름칙한 상대들하고만 늘 친 것도 아닌데 말이지. 초가을에 별장에 1주일 남짓 와 있던 젊은 부인은 굉장히 유쾌한 상대였는데, 역시나 잘 안 되더군. 그런데 가을이 깊어지면서 온천장이 쓸쓸해지고 나 혼자이면, 네 개의 공이 내 신경처럼 느껴지기 시작해. 하지만 상대가 있으면 역시나 허사일지도 모르지. 결국 나는 이 당구대에서는 게임을 할 수 없는 건지도 몰라. 여섯 달 중에 넉 달은 혼자 쳤으니까. 이렇게 생각하면 이보게, 당구대도 영혼을 지닌 신기한 생물로 느껴지지 않는가? 그 래서 나 홀로 당구의 심정이 되면 잘 칠 수 있겠다 싶어, 혼 자 올 때의 규칙을 지키고 시계를 맞추는 거라네."

"이보게, 그건." 친구는 웃음을 터뜨렸다.

"자네가 이 당구대를 사랑하기 때문일세."

"물론 사랑하지."

"의미가 달라. 자네는 이 당구대를 소유하려는 거잖아."

여름 구두

　마차 안에는 할머니 다섯이 꾸벅꾸벅 졸면서 올겨울은 감귤이 풍년이라는 이야기를 하고 있었다. 말은 바다 갈매기를 쫓기라도 하듯 꼬리를 휘날리며 달렸다.

　마부 간조는 말을 무척 사랑한다. 게다가 여덟 명이 탈 수 있는 마차를 소유한 이는 이 거리에서 간조 한 사람뿐이다. 또한 그는 늘 자신의 마차를 거리의 마차들 가운데 가장 깔끔하게 다룰 정도로 신경이 예민하다. 언덕길에 다다르면 그는 말을 위해 마부석에서 폴짝 내려선다. 폴짝 내려서 폴짝 올라타는 이 몸놀림이 그지없이 경쾌하다는 사실을 내심 자랑스럽게 여긴다. 또한 그는 마부석에 앉아서도 마차가 흔들리는 정도에 따라 아이들이 마차 뒤에 매달려 있다는 낌새를 알아채는 터라, 사뿐히 폴짝 뛰어내려 아이들 머리에 된통 꿀밤을 먹인다. 그래서 거리의 아이들은 간조의 마차에 가장 눈독을 들이면서도 가장 무서워한다.

　그런데 오늘은 도무지 아이가 붙잡히지 않는다. 즉 원숭이처럼 마차 뒤에 매달려 있는 현행범을 낚아챌 도리가 없는 것이다. 여느 때 같으면 그는 폴짝 고양이처럼 뛰어내려 마차를 앞서 보내고, 무심히 매달려 있는 아이 머리에 호된 꿀밤을 먹이고는 의기양양하게 말할 것이다.

"멍청이."

그는 다시 마부석에서 뛰어내려 살폈다. 벌써 세번째다. 열두세 살짜리 소녀가 뺨을 발그레 물들이고 성큼성큼 걷고 있다. 어깨로 가쁜 숨을 몰아쉬며 눈빛이 반짝반짝 빛난다. 그런데 그녀는 분홍색 옷을 입고 있다. 양말이 발목 언저리까지 흘러내렸다. 그리고 구두를 신지 않았다. 간조가 소녀를 빤히 째려본다. 그녀는 바로 옆 바다로 눈길을 돌린 채 타박타박 마차를 쫓아온다.

"쳇!"

간조는 혀를 차고 마부석으로 돌아왔다. 여간해선 보기힘든 고상하고 아름다운 소녀가 해안 별장에라도 와 있는 거겠지 싶어 간조는 다소 배려해주었는데, 세 번씩이나 뛰어내려도 잡히지 않기에 화가 났다. 벌써 10리 길을 이 소녀는 마차에 매달려서 오는 참이었다. 하도 분통이 터진 나머지 간조는 지극히 사랑하는 말에게 채찍을 휘두르면서까지 내달렸다.

마차가 작은 마을로 들어섰다. 간조는 우렁차게 나팔을 불어대며 힘껏 내달렸다. 뒤를 돌아다보니, 소녀가 가슴을 쫙 펴고 단발을 어깨에 흩날리며 달린다. 한쪽 양말을 손에 늘어뜨리고 있다.

이제 막 소녀가 마차를 따라잡은 모양이다. 간조가 마부석 뒤 유리 너머로 뒤돌아보자, 소녀가 흠칫 몸을 움츠리는 낌새가 느껴졌다. 그러나 간조가 네번째로 뛰어내렸을 때, 이미 소녀는 마차에서 멀찍이 떨어져 걷고 있다.

"얘, 어디 가니?"

소녀는 고개를 숙인 채 말이 없다.

"항구까지 매달려 갈 작정이야?"

여전히 소녀는 말이 없다.

"항구?"

소녀는 끄덕였다.

"얘, 발을 좀 봐, 발을. 피가 나잖아. 당찬 계집애로구나, 넌."

마지못해 간조는 얼굴을 찌푸렸다.

"태워줄게. 가운데로 올라타. 거기 매달리면 말이 힘드니까, 어서 가운데로 올라타. 난 멍청이가 되기 싫거든."

이렇게 말하고 마차 문을 열어주었다.

잠시 후 간조가 마부석에서 고개를 돌려보니, 소녀는 마차 문에 낀 옷자락을 빼려고도 하지 않고, 좀 전의 씩씩한 낯빛은 온데간데없이 조용히 부끄러운 듯 고개를 숙이고 있었다.

그런데 거기서 10리 길 항구로 갔다 돌아오는 길에, 어디서 나타났는지 또다시 같은 소녀가 마차를 뒤쫓아 왔다.
이제 간조는 순순히 마차 문을 열어주었다.

"아저씨, 가운데 타는 건 싫어요. 가운데 타기 싫어요."

"발의 피를 봐, 피를. 양말이 빨개졌잖아! 무서운 계집애
로군."

20리 상행 길을 마차는 느릿느릿 원래 마을에 거의 다
다랐다.

"아저씨, 여기 내려주세요."

간조가 문득 길가를 보니, 자그만 구두 한 켤레가 마른
풀 위에 하얗게 피어 있었다.

"겨울에도 하얀 구두를 신니?"

"글쎄 전, 여름에 이곳에 온 걸요."

소녀는 구두를 신자, 뒤도 돌아보지 않고 백로처럼 산
위 소년원으로 뛰어 돌아갔다.

어머니

1. 남편의 일기

오늘 저녁 나 아내를 얻었네
품에 안으면 여자의 부드러움이여
내 어머니도 여자이거늘
넘치는 눈물로 신부에게 말하네
좋은 엄마가 되시라
좋은 엄마가 되시라
나 내 어머니를 모르는 까닭에

2. 남편의 병

벌써 제비가 와 있지 않을까 싶은 포근한 날씨다. 옆집 마당에서 목련 꽃잎이 하얀 배처럼 떨어져 내렸다. 유리문 안에서 아내는 남편의 몸을 알코올로 닦고 있었다. 남편은 늑골 사이로 식은땀 때가 끼었을 만큼 야위었다.

"당신은 ── 그래요, 병과 동반 자살이라도 할 것처럼 보여요."

"그럴지도 모르지. 가슴에 생긴 병이니까. 심장 주위를 벌레가 파먹고 있으니까."

"네, 그래요. 병균이 저보다 심장에 훨씬 가까운 걸요. 몸이 아프면서 우선 당신은 아주 이기적이 되었어요. 당신 안으로 제가 드나드는 문을 고약하게 닫아버렸죠. 만약 걸을 수 있다면 당신은 틀림없이 절 버리고 가출할 거예요."

"그건 말이지, 셋이서 동반 자살하고 싶지 않아서야. 나하고 당신 그리고 병균, 이렇게 세 사람 동반 자살."

"세 사람 동반 자살도 상관없어요. 당신이 병과 동반 자살하는 걸 멍하니 지켜보긴 싫어요. 당신 아버지의 병이 어머니에게 옮았다고 해도 당신의 병은 제게 옮지 않아요. 부모와 똑같은 일이 자식한테도 꼭 일어나는 건 아니잖아요."

"그건 그래. 부모님과 똑같은 병이 내게 생기는 것도, 내가 병에 걸리기 전까진 알 수 없으니까. 하지만 난, 똑같은 병에 걸리고 말았으니까."

"상관없잖아요. 제게 차라리 옮아버리는 게 나아요. 그러면 곁에 다가가지도 못하게 하는 일은 없을 테죠."

"아이 생각을 좀 해."

"아이, 아이……"

"당신은 내 심정을 이해 못 해. 어머니가 살아 계신 당신은 이해 못 해."

"그건 비뚤어진 생각이에요. 비뚤어진 생각이에요. 그런 식으로 말하면, 전 어머니를 죽이고 싶을 만큼 분해요. —전 병균을 마시고 싶어요. 마실게요. 마실게요."

소리치면서 아내는 남편의 입술을 겨냥해 달려들었다. 남편은 아내의 옷깃을 움켜잡았다.

"마시게 해줘요! 마시게 해줘요!" 하며 몸부림치는 아내를, 뼈만 앙상한 힘으로 짓눌렀다. 풍만한 가슴이 보얗게 열렸다. 그 둥그스름한 젖가슴 위로 남편은 카악, 피를 토하고 쓰러졌다.

"그, 그, 그 젖을 아이에게 먹이지 마."

3. 아내의 병

"엄마, 엄마, 엄마."

"엄마 여기 있단다. 살아 있단다."

"엄마."

아이는 또다시 병실 맹장지 문에 몸을 부딪혔다. 그리고 으앙, 울음을 터뜨렸다.

"들여보내면 안 돼. 들여보내면 안 돼."

"당신은 냉정하군요."

아내는 체념한 듯 눈을 감고 고개를 베개 위에 떨어뜨렸다.

"나도 저 애처럼 엄마 병실에 들어갈 수 없었지. 맹장지 문밖에서 울고 있었어."

"같은 운명이군요."

"운명? 운명이라는 말은 설사 죽는대도 하지 말아줘. 난 질색이니까."

집 안 한구석에서 아이가 울고 있다. 야경꾼이 딱따기를 치며 지나갔다. 쇠막대로 집 뒤 홈통에 달린 고드름을 후려치는 소리가 들렸다.

"당신은 어머님에 대한 기억이 없다고 그러셨죠."

"그래."

"세 살 때였나요, 어머님이 돌아가신 게."

"세 살이었어."

"저 애도 세 살이에요."

"하지만 난, 좀더 나이가 들면 어머니 얼굴을 불쑥 떠올리게 될지도 모른다는 생각이 들어."

"임종하신 어머님 얼굴을 봐두었더라면 틀림없이 기억하실 텐데."

"아니, 난 맹장지 문에 몸을 부딪혔던 것만 기억할 뿐이야. 병든 엄마를 마음대로 만날 수 있었다면 오히려 엄마에 대한 기억이 하나도 남지 않았을 게 분명해."

아내는 잠시 눈을 감고 있었다. 그리고 말했다.

"신앙 없는 시대에 태어나 우린 불행해요. 죽음 이후의 삶에 대해 생각하지 않는 시대에 태어나."

"글쎄, 지금은 죽은 자가 가장 불행한 시대지. 죽은 자도 행복해지는 시대가, 지혜로운 시대가 머잖아 분명 올 거야."

"그러겠죠."

아내는 남편과 멀리 여행을 떠났을 적의 추억이 가득 떠올랐다. 그리고 이런저런 아름다운 착각을 끊임없이 느끼고 있다가, 잠에서 깨어난 듯 남편의 손을 잡고,

"전……" 조용히 말했다.

"당신과 결혼한 거 행복이라고 생각해요. 병이 옮은 걸 절대 원망하고 있지 않아요, 믿어주시는 거죠?"

"믿어."

"그러니까 저 애도 나중에 크면 결혼시키도록 해요."

"그러지."

"당신은 나와 결혼하기 전에 어지간히 괴로웠을 테죠. 자신은 부모와 똑같은 병에 걸렸고, 그 병이 아내한테 옮아 그리고 그 병을 앓는 아이가 태어날 거라는 생각에. 하지만 그 결혼으로 내가 행복한 걸요. 그걸로 됐잖아요. 그러니까 저 애한테는 자신의 결혼이 나쁘다는 생각으로 괴로워하지

않게, 쓸데없는 슬픔을 맛보지 않게 해주세요. 즐거운 결혼을 할 수 있게 해주세요. 이게 제 유언이에요."

4. 남편의 일기

오늘 저녁 내 딸 잠들지 않네
품에 안으면 여자의 부드러움이여
내 어머니도 여자이거늘
넘치는 눈물로 갓난아기에게 말하네
좋은 엄마가 되시라
좋은 엄마가 되시라
나 내 어머니를 모르는 까닭에

참새의 중매

오래도록 이기적인 고독에 안주해온 그는, 오히려 자신의 몸을 타인에게 바치는 일의 아름다움을 동경하게 되었다. 희생이라는 것의 숭고함도 알게 되었다. 인간이라는 종족을 과거에서 미래로 전하기 위한 한 톨의 종자로서, 자신을 보잘것없이 느끼는 것에도 만족했다. 인간이라는 종족 역시 다양한 광물질이나 식물 등과 한데 어울려 이 우주를 떠도는 하나의 거대한 생명을 떠받치는 작은 기둥에 불과한 것이며, 여타 동물이나 식물보다도 특별히 숭고한 존재가 아니라는 생각에도 동감했다.

"시작할까?"

사촌 누나는 경대 위에서 떼구루루 은화를 돌렸다. 그걸 손바닥으로 딱 눌러 멈추고는, 진지한 낯으로 그를 보았다. 그는 그 새하얀 손에서 울적한 마음의 거처를 발견했다. 그리고 밝게 말했다.

"뒷면이에요."

"뒷면이라고? 그렇지만 먼저 결정해야 돼. 만약 뒷면이

나오면 그 여자와 결혼할 거야? 안 할 거야?”

"할 거예요.”

"어머나. ─ 앞면이잖아.”

"그런가요?”

"그런 맥 빠지는 대답이 어디 있담?”

사촌은 소리 높여 웃었다. 처녀의 사진을 휙 내던지고 자리를 떴다. 그녀는 잘 웃는 여자다. 그 웃음소리는 명랑하게 오래 이어진다. 그리고 집 안에 있는 남자들 모두에게, 묘한 질투심을 귀로 느끼게 한다.

그는 사진을 집어 들고 처녀를 보았다. 이 처녀와 결혼해도 좋다고 생각했다. 상대에게 이 정도의 호감을 갖는다면, 아버지나 오빠의 손에 자신의 운명을 맡기고 결혼하는 처녀가 일본에는 아직 많겠지 싶었다. 그런 편이 아름답게 여겨졌다. 변변치 못한 자아에 눈뜬 나머지, 우물쭈물하는 자신을 추하게 여겼다.

"결혼 상대를 고르는 일도 곰곰이 생각해보면, 결국은 제비뽑기처럼 은화의 앞면이냐 뒷면이냐를 판단하는 거나 마찬가지야” 하고 사촌 누나가 말했을 때, 그도 자신의 운명을 그녀의 하얀 손바닥 아래 놓인 은화에 내맡기는 것에 크나큰 기쁨조차 맛보았다. 하지만 그것도 그녀가 그를 놀려댄 것에 불과하다는 사실을 깨닫자, 그의 시선은 쓸쓸히 툇마루 끝 연못에 떨어지고 말았다.

이 처녀 외에 내 아내가 될 만한 여자가 있다면 그 얼굴을 물에 비추어 보여다오, 하고 그는 연못에 부탁했다. 인간은 시간도 공간도 투시할 수 있는 거라고 그는 믿는다. 그는 그 정도로 고독하다.

그러자 뚫어지게 수면을 응시하고 있는 그의 시야에, 신의 날카로운 돌멩이가 까맣게 떨어져 내렸다. 교미하면서 참새 두 마리가 지붕에서 떨어졌다. 참새는 물 위를 날갯짓하며 둘로 나뉘어, 서로 다른 방향으로 날아올랐다. 그는 신의 이 계시를 깨달았다.

"그런 건가" 하고 중얼거렸다.

수면의 잔물결이 차츰 고요해졌다. 그는 연못을 뚫어져라 계속 바라보았다. 그의 마음은 고요한 수면과 똑같이 거울이 되었다. 거기에 참새 한 마리의 모습이 선명하게 비쳤다. 그 참새가 울었다. 그 울음소리의 의미는 이러했다.

"우물쭈물하는 당신은, 현세에서 당신의 아내가 될 여자의 모습을 보여줘도 믿을 수 없을 테지요. 그래서 내세의 아내 모습을 보여드립니다."

그는 참새에게 말했다.

"참새여, 고맙구나. 내세에 참새로 태어나 참새인 너를 아내로 삼는다면, 나는 이 처녀와의 혼인을 결심하련다. 내세의 운명을 본 자가 현세에서 머뭇거릴 까닭이 없잖은가. 내세의 아름답고 숭고한 아내가 현세의 결혼 중매를 서주었구나."

　그리고 그는 사진 속 처녀에게 해맑은 인사를 건네고,
거대한 신을 느꼈다.

자식의 입장

사실 그의 어머니는 눈치가 둔하다.

"전, 엄마한테 결혼을 강요받고 있긴 해도, 예전에 약속한 사람이 있어요."

이런 식으로 다즈코가 고민거리를 들고 다가오면, 그약속한 애인이라는 이가 자기 아들일 게 분명하다고 지레짐작을 하게 마련이다. 그런데도 남의 일처럼 아예 장단을 맞춰 이런 말을 마구 떠들어대고 있다.

"그건 말이다, 전혀 망설일 필요 없어. 가령 집을 뛰쳐나가서라도 연애결혼을 하도록 해. 내 경험에서 충고하는 거야. 나도 지금의 너와 똑같은 일을 겪었는데, 길을 그만 잘못 드는 바람에 30년 내내 불행했어. 평생을 엉망진창으로 만들어버린 셈이야."

그러자 다즈코는 자신들의 사랑을 승낙하고 암묵적으로 제 편을 들어주는 것이라 완전히 잘못 넘겨짚고 말았다. 환하게 낯을 붉히며 말했다.

"그렇다면 아주머니, 아드님인 이치로 씨의 결혼은 그

분 뜻대로 내맡기실 생각이세요?"

"그렇고말고."

다즈코는 뛸 듯이 기뻐하며 돌아갔다. 서서 엿듣고 있던 그는, 그녀를 뒤쫓듯 약혼을 파기하는 편지를 썼다. 강요받는 결혼을 하라고 썼다. 그러나 이 말만은 아무래도 쓰지 못했다.

(그리고 나처럼 훌륭한 아이를 낳으세요.) — 라고는.

동반 자살

그녀가 싫어 도망친 남편한테서 편지가 왔다. 2년 만에, 먼 지방에서다.

(아이가 고무공을 갖고 놀지 못하게 해. 그 소리가 여기까지 들려. 그 소리가 내 심장을 두들겨대.)

그녀는 아홉 살짜리 딸에게서 고무공을 빼앗았다.

다시 남편한테서 편지가 왔다. 지난번 편지와는 발신처가 달랐다.

(아이에게 구두를 신겨 학교에 보내지 마. 그 소리가 여기까지 들려. 그 소리가 내 심장을 짓밟아.)

그녀는 구두 대신 보드라운 펠트 짚신을 딸에게 신겼다. 소녀는 울며 결국 학교에 가지 않았다.

다시 남편한테서 편지가 왔다. 두번째 편지로부터 한 달 후였는데, 그 글씨에는 갑자기 늙은 티가 풍겼다.

(아이에게 사기그릇에 밥을 담아 먹이지 마. 그 소리가 여기까지 들려. 그 소리가 내 심장을 찢어.)

그녀는 딸이 세 살배기 아기인 양 자신의 젓가락으로

밥을 떠먹였다. 그리고 딸이 정말로 세 살배기일 때 남편이 다정하게 곁을 지키던 무렵을 떠올렸다. 소녀는 제멋대로 찬장에서 제 밥그릇을 꺼내 왔다. 그녀는 재빨리 빼앗아 마당의 돌 위에 내팽개쳤다. 남편의 심장이 찢기는 소리. 다짜고짜 그녀는 눈썹을 치켜올리며 자신의 밥그릇을 집어 던졌다. 그런데 이 소리는 남편의 심장이 찢기는 소리가 아니잖아. 그녀는 식탁을 마당으로 내동댕이쳤다. 이 소리는? 벽에 온몸을 부딪히고 주먹으로 때렸다. 맹장지 문에 창처럼 달려들어 받는가 싶더니, 맹장지 문 저편으로 나뒹굴었다. 이 소리는?

"엄마, 엄마, 엄마."

울면서 뒤쫓아 오는 딸의 뺨을 찰싹 후려쳤다. 오오, 이 소리를 들어라.

그 소리의 메아리처럼 다시 남편한테서 편지가 왔다. 지금껏 어느 때보다 더 낯설고 먼 지역이 발신처였다.

(너희들은 아무 소리도 내지 마. 장지문을 여닫지도 마. 호흡도 하지 마. 너희 집의 시계도 소리를 내선 안 돼.)

"너희들, 너희들, 너희들."

그녀는 이렇게 중얼거리며 눈물을 뚝뚝 흘렸다. 그리고 아무 소리도 내지 않았다. 영원히 가냘픈 소리조차 내지 않게 되었다. 즉, 엄마와 딸이 죽은 것이다.

그리고 신기하게도 그녀의 남편도 베개를 나란히 한 채

죽어 있었다.

용궁의 공주

"내 비석을 여자의 키보다 더 높다란 돌로 만들어라. 여자에게 내 비석을 안기고 바다에 묻어라."

피투성이가 된 아버지가 이런 유언을 남기고 죽었기 때문에 두 아들은 멋지고 훌륭한 무덤을 만들었습니다. 아버지는 젊은 후처와 그 애인의 손에 무참히 살해당했습니다.

전처의 두 아들은 적이 된 여자보다도 키가 큰 돌탑을 가볍게 들어 올려 바닷가 바위 위로 운반했습니다. 그곳에서 돌멩이를 던지자 깨알처럼 자그맣게 바다로 떨어졌는데, 그 돌이 파도에 닿기까지는 눈이 어질어질해 제대로 볼 수도 없을 만큼 무시무시한 벼랑이었습니다. 거기서 아들들은 여자를 알몸으로 만들어 거친 밧줄로 비석에 동여맸습니다. 그대로 비석을 떨어뜨렸습니다. 여자는 자기도 모르게 낙하하는 비석에 손발을 벌려 끌어안았습니다. 비석은 살아 있는 물체처럼 신음하며 굴러떨어졌습니다.

그런데 어찌 된 일일까요. 벼랑 도중에서 비석이 눈 깜짝할 새에 언뜻 멈추는가 싶더니 더 이상 구르지 않고 여자를 위에 태운 채 눈썰매처럼 씽씽 미끄러져 가는 게 아닙니까. 그리고 바다에 떨어질 때 아름다운 작은 배가 되는 게 아닙니까. 그 작은 배는 한 줄기 광명처럼 곧장 먼바다로 달려 나가는 게 아닙니까. 이걸 본 두 아들은 양쪽에서 덤벼들 듯이 부둥켜안고,

"아버지, 용서하십시오!" 소리치며 쓰러지고 말았습니다.

그 자리에 여자의 애인이 달려왔습니다. 여자의 배는 푸른 하늘을 흐르는 제비처럼 재빠릅니다. 그 어떤 배라도 뒤쫓아 가지 못합니다. 그래서 그는 여자의 남편 무덤으로 달려가 돌탑의 주춧돌을 가볍게 날라 왔습니다. 그리고 그걸 안고 바다에 몸을 던졌습니다. 과연 그 돌은 광명처럼 내달리는 배로 바뀌었습니다.

남자의 배가 여자의 배를 따라잡았습니다. 남자가 말했습니다.

"우리는 우리가 죽인 남자에게 지금 감사해야 해."

"안 돼요. 제 남편에게 감사하면 안 돼요. 감사의 마음이 생긴 순간 당신의 배는 비석이 될 거예요."

여자의 말이 채 끝나기도 전에, 남자의 배는 비석이 되어 남자의 몸과 함께 부글부글 바다 밑으로 가라앉았습니다. 그걸 본 여자가 말했습니다.

"나의 배여! 비석이 되어 그리운 사람을 바다 밑으로 뒤

쫓으렴."

그리고 알몸인 채 비석을 끌어안고 인어처럼 깊이 가라
앉았습니다.

그러나 자기 혼자만 바다 밑으로 가라앉는 거라며 몹시
화가 치민 남자는,

"비석이여, 작은 배가 되어 애인의 배가 떠 있는 바다
위로 떠올라라."

제 손으로 죽인 남자에게 요청했기 때문에 도중에 떠올
라 왔습니다.

그리고 어찌 된 셈일까요? 점점 가라앉는 여자와 점점
떠오르는 남자는 바닷속에서 그만 스쳐 지나고 말았습니다.
결국 여자만 바다 밑에 가라앉고 말았습니다.

이 여자가 용궁의 공주랍니다.

그녀한테서 이 옛이야기를 들었을 때 나는, 이 여자는
동반 자살을 하겠구나 싶었다. 과연 그녀는 애인과 바다에
뛰어들었다. 남자는 죽었다. 그리고 그녀는 숨을 되돌린 순
간, 오오! 외치면서 속여온 남편을 끌어안았다. 그 후 나를
만난 그녀가 말하길,

"옛이야기와 정말 똑같았어요. 마지막까지 완전히 ─."

처녀의 기도

"봤는가?"

"봤어."

"봤는가?"

"봤어."

똑같은 말을 서로 주고받으면서 마을 사람들은 불안한 낯으로 산과 들에서 도로로 모여들었다.

여기저기 산과 들에서 일하고 있던 이토록 많은 수의 마을 사람이 마치 약속이라도 한 듯이 똑같은 순간에 똑같은 방향을 보았다는 것은 그 자체만으로 기이한 사실임에 틀림없었다. 그리고 어느 누구 할 것 없이 똑같이 오싹 몸서리를 쳤다고 한다.

이 마을은 동그마한 골짜기다. 골짜기 한복판에 야트막한 산이 있다. 이 산을 에워싸고 개울이 흐른다. 산 위쪽은 마을의 묘지다.

그 야트막한 산에서 돌탑 하나가 하얀 마물처럼 굴러떨어지는 것을, 마을 사람들이 여기저기서 보았다고 한다. 겨우 한두 사람이 말하는 거라면 눈에 헛것이 씐 탓이려니 웃어넘기겠지만 이토록 많은 사람이 동시에 똑같은 환상을 보다니 믿기 힘든 일이다. 그래서 나도 시끌시끌한 마을 사람들 대열에 섞여 그 산을 검사할 요량으로 나가보았다.

우선 야트막한 산자락이며 중턱을 샅샅이 찾아보았지만, 어디에도 떨어진 묘석이 보이지 않았다. 그래서 산에 올라 무덤을 하나하나 살펴봐도 석탑은 하나같이 제대로 고요히 갖춰져 있다. 마을 사람들은 다시 불안한 낯을 서로 마주보며,

"봤는가?"

"봤어."

"봤는가?"

"봤어."

똑같은 말을 주고받으면서 묘지에서 도망치듯 산을 내려갔다. 그리고 다음과 같이 의견 일치를 보았다. ──이것은 뭔가 마을에 나쁜 일이 일어날 징조가 분명하다. 신이나 악마 혹은 죽은 자가 해코지를 하는 것이 틀림없다. 그 원령을 물리치기 위해서는 기도를 해야 한다. 묘지를 정결하게 해야 한다.

마을 사람들은 마을 처녀들을 모았다. 그리고 해가 기울기 전에 열예닐곱 명의 처녀를 둘러싼 마을 사람들의 행렬은 산으로 올라갔다. 나도 물론 그 속에 슬그머니 끼어들

었다.

묘지 한가운데 처녀들이 죽 늘어서자, 백발의 장로가 그 앞에 나서서 엄숙하게 말했다.

"청순한 처녀들아, 배가 터지도록 웃어라. 마을에 화를 가져오는 자를 웃고 비웃어 그 웃음으로 물리쳐라."

그리고 노인이 먼저 시작했다.

"왓핫핫핫하아……"

건강한 산처녀들이 일제히 웃기 시작했다.

"앗핫하아……"

"앗핫하아……"

"앗핫하아……"

너무 황당해 어안이 벙벙해진 나도 골짜기를 뒤흔드는 웃음소리에 그만 빠져들고 말아 소리를 맞추었다.

"왓핫핫핫하아……"

마을 사람 하나가 묘지의 마른풀에 불을 붙였다. 악마의 혀 같은 화염 주위를, 처녀들은 배를 끌어안고 머리카락을 헝클어뜨리고 나동그라지며 마구 웃어댔다. 웃기 시작했을 때의 눈물이 말라버리면 그 눈은 요상한 빛을 띠었다. 웃음의 폭풍이 폭풍에 겹쳐져 인간의 힘은 이렇듯 대지를 쑥대밭으로 만들 수 있는 거다 싶었다. 처녀들은 짐승처럼 하얀 이를 드러내며 미쳐 날뛰었다. 이 얼마나 야만적이고 괴상한 춤판인가.

그리고 생명을 다해 웃어대고 있는 마을 사람들의 마음
은 지금 대낮처럼 환한데, 문득 나 한 사람의 웃음이 그쳤나
싶은 그 순간, 나는 마른풀이 타는 불길로 환한 한 묘석 앞
에 무릎 꿇고 있었다.

　"신이여! 나 정결하나이다."

　그런데 그 소리는 내 마음에 들리지 않을 정도의 웃음
소리다. 마을 사람들은 처녀들의 소리에 맞춰, 이 작은 산을
웃음의 파도 위에 둥실 떠올릴 때까지 웃어대리라.

　"왓핫핫핫하아……"

　"앗핫핫핫하아……"

　"왓핫핫핫하아……"

　"앗핫핫핫하아……"

　한 처녀가 떨어뜨린 빗은 짓밟혀 부러졌다. 한 처녀의
풀어 헤쳐진 허리띠는 다른 처녀를 휘감아 넘어뜨리고, 그
끄트머리에 불길이 번져 타올랐다.

머지않은 겨울

산사山寺의 스님과 바둑을 두고 있다.

"어쩐 일인가? 오늘은 딴사람처럼 기운이 없으시군."

"추운 계절이 되면 저는 풀잎처럼 시들시들해지고 모든 게 엇나가요."

정말이지 그는 상대방의 얼굴도 제대로 쳐다보지 못할 만큼 납작 찌부러진 기분이었다.

어젯밤도 그녀와 그는 늘 그렇듯 온천 여관 별채에서 낙엽 구르는 소리를 들으며 말했다.

"발이 차가워지기 시작하면, 전 해마다 가정이라는 걸 갖고 싶어져요. 가정에 대해서만 공상해요."

"난 겨울이 가까워지면서 내가 당신한테 턱없이 부족하다고 생각하게 되었지. 난 어떤 여자한테도 부족해. 이런 생각이 점점 강해지는군."

하지만 이미 서로의 말이 곧이곧대로 통하지 않게 되고 말았다. 그는 변명 삼아 덧붙인다.

"난 겨울이 가까워지면 신에게 기도하는 심정에 절로

동정이 가더군. 겸손한 마음이 아니라 나약한 기분이지. 오직 한 가지, 신에 관해서만 골똘히 생각하고 그날그날의 양식을 얻는 생활을 할 수 있다면 행복할 것 같아. 하루 한 사발의 죽이라도 좋아."

사실 그들은 매일 지나칠 정도로 훌륭한 식사를 하고 있다. 단지 이 산속 온천 여관에서 꼼짝할 수 없을 뿐이다. 세상사가 마음먹은 대로 되는 거라면, 그녀가 4, 5년 전부터 잃어버린 가정이라는 것을 여름내 두 사람이 가졌어야 했다. 그들은 6개월 남짓 전, 앞뒤 분별없이 이곳으로 도망치듯 와서 숨어 지내듯 머무르고 있다. 단골 여관은 언제까지나 말없이 그들에게 별채의 방 하나를 내주기는 해도, 돈을 마련할 방도가 없는 그들은 언제까지고 꼼짝할 수가 없다. 그러는 동안 그는 희망이라는 것에 어느 틈엔가 질려버려, 모든 일에 운명론자 같은 사고방식을 지니게 되었다.

"어떤가? 그럼 화로에 불이라도 지피고, 한 판 더."

이제 그만 됐다고 생각하는데, 느닷없이 스님은 무례하게도 그의 눈앞 귀퉁이에 돌 하나를 냅다 던져놓았다. 시골 초단인 스님은 귀퉁이 공격이 능숙하니까 아랫수에게는 버겁다. 그는 괜스레 흥미를 잃고 기력이 빠졌다.

"이 바둑돌 하나의 응수를 어젯밤 꿈에 보지 못하셨는가? 운명은 이 돌 하나일세."

그러나 그는 준비 없이 돌을 내려놓았다. 스님은 크게

웃었다.

"멍청한 놈! 그렇게 미숙한 솜씨로 적을 치려고 하다니."

그래서 귀퉁이 공격은 패기 없이 짓눌리고 말았다. 결국 스님이 곧장 끝내기에서 선수先手 잡기, 선수 잡기, 하며 잽싸게 움직이는 걸 한심스러운 기분으로 뒤쫓고 있자니, 대뜸 전등이 나갔다.

"와하하하하아. 이거 황송하군. 시조始祖님 이상일세. 시조님 뺨치는 신통력일세. 멍청이가 아니야. 황송하구먼. 이거 정말 황송하구먼."

스님은 캄캄한 어둠 속에서 양초를 찾으러 자리를 떴다. 이 우연에 비로소 그는 쾌활하게 웃었다.

"이 바둑돌 하나는 어젯밤 꿈에" 또는 "멍청한 놈!"이라고 말하는 것은 그들이 바둑을 둘 때의 입버릇이다. 그 말은 그가 스님한테 들은 이 절의 시조 전설에서 비롯되었다.

이 절은 도쿠가와德川 시대에 세워졌다. 시조는 무사다. 그 무사의 아이는 백치였다. 같은 영지의 가신 중 우두머리가 그 아이를 모욕했다. 그는 가신을 쳐 죽이고 자신의 아이를 죽인 후 고향을 떠났다. 700리 떨어진 이 온천에 숨어 지낼 때 그는 꿈을 꾸었다. 꿈속의 그는 온천에서 10리 남짓 깊숙한 곳의 폭포수를 맞고 있었다. 그곳에 나타난 가신의 아들이 폭포 아래의 그를 왼쪽 어깨부터 비스듬히 아래로 칼을 내리쳤다. 눈을 뜨자 오한이 들었다. 기이한 꿈이라고 여겼다. 우선 그는 그 폭포수를 맞을 생각 따윈 해본 적도 없다. 그리고 시퍼런 칼날이 번뜩이는 걸 보고서도 정좌하고 있을 리가 없다. 무엇보다도 영지의 무예 지도자와는 유파가 다를지언정 기량은 떨어지지 않는다고 자부하는 그가, 설사 기습 공격일지라도 가신의 아들 따위한테 단칼을 맞고 쓰러질 턱이 없다. 하지만 믿을 수 없는 일이 벌어진만큼 도리어 이 꿈은 그를 불안하게 했다. 이것이 나의 천명일런가. 백치 아이가 태어난 게 운명이라고 한다면 폭포 아래서 칼날에 쓰러지는 것도 나의 운명일런가. 꿈에서 나의 운명을 예지한 게 아닐런가. 이런 걸 영몽靈夢이라고 부르지 않던가. 그리고 이 꿈은 신기하게도 그를 폭포로 유혹했다.

"좋아, 운명과 싸울 테다. 운명을 움직여 보일 테다."

그날부터 그는 폭포에 다니기 시작했다. 폭포를 뒤집어쓰고 바위 위에 엄숙하게 앉은 채, 그는 매일같이 현실 같은 꿈을 꾸었다. 자신의 왼쪽 어깨를 내려치는 시퍼런 칼날의 환상을 줄곧 보았다. 이 환상에서 벗어나야만 한다. 이 환상의 칼이 자신의 어깨를 빗나가 바위를 내려치도록 해야 한다. 이러한 정신 통일이 한 달가량 계속된 어느 날, 얼핏 번뜩인 환상의 칼이 그의 어깨를 스치고 바위를 쳤다. 그는 뛸듯이 기뻤다.

물론 이 환상과 똑같은 일이 현실 세계에서도 일어났

다. 가신의 아들이 적을 치겠다고 호언장담하건 비겁하다고 외치건, 그는 눈을 감고 정좌한 채 무아지경에서 노닐었다. 폭포수 소리에 자신을 잊고 있었다. 그의 눈은 질끈 감긴 채, 돌연 번뜩이는 시퍼런 칼날의 환상을 보았다. 가신의 아들은 바위에 칼을 내리쳤고 손이 저렸다. 그때 그는 번쩍 눈을 떴다.

"멍청한 녀석. 설렁설렁 칼 휘두르는 법을 배운 주제에, 천지의 신들을 벨 수 있다고 생각했느냐. 나는 오직 단칼, 오직 자네의 단칼을 피할 작정으로 천지의 정령을 불러들였네. 천지의 힘과 서로 통하고서야 운명의 단칼을 겨우 세 치 어긋나게 했다네."

이 이야기를 들려준 이후로 이따금 스님은 '멍청한 녀석'이라고 했던 시조님의 말을 유쾌하게 내뱉고 배를 출렁이며 웃었다.

스님은 촛불을 가져왔다. 그러나 그는 이만 가보겠다고 했다. 스님은 그 촛불을 초롱에 옮기고 산문山門까지 배웅해 주었다. 차가울 정도로 환한 달이다. 산에도 들에도 등불이 하나도 없다. 그는 산들을 보면서 말한다.

"달밤의 진정한 기쁨을 이제 우리는 이해할 수 없겠지요. 등불이 없는 태고의 인간이 아니고선 달밤의 진정한 기쁨을 알 수 없겠지요."

"그렇습지요." 스님도 산을 본다.

"일전에 산에 갔더니 사슴이 연신 울어대더군요. 교미기이다 보니."

'그럼, 나의 암컷은?' 그는 생각하면서 산문의 돌계단을 내려온다.

'여전히 이불 위에 팔꿈치 베개를 하고 누웠겠지.'

이즈음 여관 종업원이 일찍 잠자리를 펴준다. 하지만 그는 이불 속으로 들어가지 않는다. 이불 속에 파고드는 것조차 성가신 듯 덮는 이불 위에 기다랗게 누워 발을 솜옷 자락에 집어넣고 팔꿈치 베개를 한다. 그 버릇이 어느새 그녀에게 옮았다. 그리고 매일 밤 초저녁부터 두 사람은 두 개의 이부자리 위에 똑같은 자세로 멍하니 드러누운 채 서로의 모습에 시선을 돌리고 있다.

그런 그녀의 모습이 산문을 나온 그에게 운명처럼 떠오른다. 자신인들 운명을 움직이지 못할 까닭이 없잖은가 싶다.

'벌떡 일어나 똑바로 앉아!' 하고 마음속으로 그녀에게 명하면서,

"얏!" 큰 소리로 기합을 넣는다.

그러고는 초롱을 심하게 흔든 사실을 깨닫고, 눈꺼풀에 겨울이 머지않은 밤의 한기를 느낀다.

영구차

처제 — 부질없는 말일지도 모르겠으나, 나는 끝내 요시코를 아내라 부르지 못하게 되었노라고 자네에게 일러두겠네. 처제라는 단어에서 자네는 모름지기 나에 대한 빈정거림을 느끼게나. — 그 처제가 죽었다는 건 자네도 알고 있을 테지. 아무리 자네인들 애인의 죽음을 연락받지 않아도 느끼는 것쯤은 가능할 테지. 더욱이 처제는 임종을 앞두고 자네를 만나러 갔었네. 애당초 자네 쪽에서 만나러 왔어야 했어. 병상에서 죽어가는 처제가 자네를 만나고 싶어 하는 마음은 먼 곳의 자네에게 가닿았지. 그럼에도 자네는 오지 않았어. 어차피 처제는 꼼짝달싹할 수 없는 몸인 데다 머잖아 죽을 테니 내버려 두면 모든 게 사라져버릴 거라고 생각해서 자네가 오지 않았다면 그건 엄청난 잘못이야. 그 증거로, 자네가 오지 않았기에 처제 쪽에서 만나러 간 게 아닌가? 사경을 헤매는 생명에 인격의 분열을 일으킬 만한 정신적 노력을 부과하는 것은, 양심에 부끄러운 비열한 짓이네. 이 점을 잘 기억해둬. 죽은 처제는 앞으로 자네를 만나고 싶어지면 만나러 갈 거라고. 사랑을 받고 싶으면 자네의 의지야 어떠하든 간에 사랑받을 것이고, 미워하고 싶어지면 맘대로 미워할 게 분명해.

예전부터 자네는 우연이라는 것에 지나치게 무관심한 것 같더군. 자신이 머지않아 죽게 될 인간이라는 사실을 잊고 있는 듯해. 그래서 자네에게 처제의 장례식 때 있었던 일 하나를 보고할 참인데, 그 전에 또 한 가지 좀 재미있는 이야기를 쓰겠네. 처제가 죽자마자 불단에 장식할 그녀의 사진을 찾아보았는데, 최근 것은 자네와 둘이서 찍은 사진밖에 보이지 않더군. 그 사진 한가운데를 자르면 되겠구나 생각했지. 하지만 나는 두 사람이 찍힌 그대로 위패 앞에 장식하면 좋겠다고 주장했어. 우선 절반으로 잘라버리면 액자에 넣기엔 모양이 안 좋으니까 결국 자네의 모습은 검은 리본 상장喪章으로 가려두기로 했네. 물론 둘이서 찍은 사진인 줄은 알 수 없도록 리본으로 교묘히 장식해두었지. 이걸 선의로 해석하면 근래 자네와 찍은 사진이 한 장밖에 없었다는 데서 드러나듯 근래의 처제는 이 사진과 같은 존재였으니까, 그 정도로 인연이 깊은 자네가 상복을 걸치고 처제의 시신 곁에 바짝 달라붙어 있다는 의미가 되지. 사실 또한 그녀의 부모님은 자네에 대한 악의를 딸의 죽음으로 부득이 누그러뜨렸다네. 차라리 자네와 함께하게 해주었더라면 좋았을 거라고 말하지. 하지만 난 그렇게 생각지 않아. 함께하지 않아 다행이라고 생각해. 왜냐하면 처제가 자네와 함께하지 않았던 것이 사실이기 때문이야. 이 이유는 아주 간단하면서도 가장 옳은 것이지. 이와 똑같은 이유로 나는 처제가 죽어 다행이라고 생각해.

그리고 장례식 날에 있었던 일인데, 처제의 집에서 화장장으로 가려면 다리 근처 육교 아래로 지나가야 한다는 걸 자네는 알고 있을 테지. 그런데 영구차가 그곳을 빠져나가려고 했을 때, 앞뒤 자동차에서 사람들이 우르르 뛰어나와 영구차 지붕의 네 귀퉁이에 매달리더군. 지붕 장식이 높아서 육교에 꼭대기가 받히니까. 그 위로 어마어마한 소리를 울리며 기차가 지나갔지. 나는 자동차 안에서 무심코 열차를 올려다봤어. 차창으로 하얀 얼굴이 이쪽을 보고 있었지. 그게 자네였어. 자네는 처제의 장례식인 줄은 알지 못했어도 무언가 암시를 받은 게 틀림없다고 생각하네. 3월 14일 W역 4시 13분발 열차.

내가 이 이야기를 보고하는 것은 단지 자네를 짓궂게 괴롭히기 위해서만은 아니야. 자네의 사진을 함께 불단에 장식한 것도 자네와 처제의 사랑을 묻어버리라거나, 자네가 무덤까지 처제를 따라가라는 식으로 생각해서 그런 건 아니야. 그럼에도 사람들이 그 사진 앞에서 눈물을 흘리고 합장하고 분향하고 염불을 올리기도 하는 걸 보고 있자니, 정말이지 난 우스꽝스럽더군. 검은 리본 아래 자네가 있는 줄은 알지 못하니까. 이처럼 인간이란 죽은 자에게 예배할 작정으로 산 자에게 예배하는 경우가 있고, 또한 산 자를 바라보고 있을지라도 그 그림자에 죽은 자가 있기도 한 거지. 자네가 기차 창문으로 아무 생각 없이 자동차를 보았을 때 그것이 애인의 장례 행렬이기도 한 거지.

한 사람의 행복

안녕하신지요. 오랜만에 인사드립니다. 누님은 별일 없으신지요. 기이 지방도 요즘은 꽤 쌀쌀해졌겠네요. 이곳은 매일 영하 20도 이하로 내려가니까, 집집마다 유리창이 온통 젖빛으로 변했습니다. 저는 튼튼한 편인데도 손이 쩍쩍 갈라지고 발이 동상에 부르터서 걷기가 힘듭니다. 당연하지요. 매일 아침 5시에 일어나 밥 짓고 찻물 끓이고 반찬거리를 준비하다 보면, 아침 식사는 6시쯤이 됩니다. 아침 식사가 끝나면 설거지를 하는데, 찬물로 씻습니다. 학교는 9시에 시작되고, 매일 8시 반까지는 집안일을 합니다. 이 중 가장 힘든 건 집 안팎부터 화장실까지 청소를 하는 것입니다. 이때도 물론 찬물을 사용합니다.

학교가 파하는 시간은 2시 반과 3시일 때가 있는데, 2시 반일 때는 3시까지, 3시일 때는 3시 반까지 귀가하지 않으면 저녁 식사 때 야단맞습니다. 집에 돌아오면 먼저 집 안을 청소하고 다음 날 아침에 땔 장작을 가늘게 패놓습니다. 어떤 때는 쌓인 눈이 바람에 흩날리는 통에 한 치 앞도 보이지 않습니다. 손은 곱을 대로 곱고 발은 꽁꽁 얼어 아픕니다. 더구나 목깃 틈새로 차가운 눈이 마구 파고듭니다. 갈라진 손 생채기에서 새빨간 피가 번져 나오는 걸 보노라면, 저도 모르게 눈물이 뚝뚝 떨어집니다. 이 일이 끝나면 저녁 식사 준비를 시작해서 5시쯤 저녁 식사를 마치고 설거지를 한 후에는 사부로가 잠들 때까지 곁에서 돌봐주어야 하니까, 잠시도 공부할 짬이 나질 않습니다.

또한 일요일에는 제 셔츠나 바지 등의 빨랫감에다 때로는 부모님의 버선과 장갑까지 차가운 물로 빨고, 틈이 나면 다시 사부로를 돌봐야 합니다. 이렇듯 매일매일 일하건만 그날의 학용품을 살 돈은 스무 번쯤 야단맞고서야 겨우 받아낼 정도이고, 이런저런 챙기지 못한 것들 때문에 선생님한테도 야단맞고, 요즘은 성적도 많이 내려가고 몸도 쇠약해진 느낌입니다.

요번 설날 때도 날마다 하루 종일 집안일만 했습니다. 부모님은 좋아하시는 음식을 실컷 드시면서도 나한텐 설날 연휴 사흘 동안 달랑 귤 하나를 주었을 뿐이니까, 평소에는 두말할 것도 없겠지요. 연휴 이틀째 날이었어요. 밥이 조금 눌어붙었다는 핑계로, 부젓가락이 휘어지도록 머리를 때렸습니다. 그 탓에 지금도 가끔 머리가 욱신욱신 아픕니다.

돌이켜보면 여섯 살 때 할아버지, 할머니의 무릎에서 영문도 모른 채 도깨비 같은 아버지 손에 끌려온 추운 만주에서 고통스러운 세월을 10여 년, 어째서 나는 이토록 불행한 아이일까요. 날이면 날마다 짐승 패듯 몽둥이로 얻어맞고 담뱃대로 얻어맞는 처지인데, 그리 나쁜 짓을 한 것 같지도 않습니다.

이 모든 게 어머니의 분별없는 고자질 때문입니다. 하지만 저도 이제 한 달 남짓 후면 학교를 졸업하게 되니까, 이 무시무시한 집을 떠나 오사카로 가서 낮엔 회사의 급사 노릇을 하고, 밤엔 야학으로 오로지 공부에 매진할 작정입니다.

가쓰코 누님도 몸 건강히 계세요. 구마노熊野의 할아버지, 할머니께도 안부 전해주세요. 안녕히.

그가 이 편지를 가쓰코한테서 억지로 빼앗아 들고 읽는 동안 그녀는 잠자코 앉아 있었다.

"남자애한테도 이런 일을 시키나?"

"설마 남자한텐 이런 일을 안 시킬 거라고 생각했는데……"

"남자한테도 이런 일을 시키나?" 그는 똑같은 말을 되풀이했다. 그 말 속에 동정심을 한껏 밀어 넣었다.

"당신도 만주에서 이런 식으로 지냈나?"

"전 훨씬 더 지독했어요."

그는 가쓰코가 열세 살 때 홀로 만주에서 기이로 돌아온 심정을 비로소 이해했다. 지금까지는 그저 이 소녀의 대담함에 놀라고 있었다.

"그래서 당신은 어떻게 해줄 생각이야?"

"동생을 학교에 보낼 거예요. 전 무슨 일이 있어도 동생을 학교에 보낼 거예요."

"그렇담 당장 여비를 보내 불러들여야겠군."

"지금은 곤란해요. 기차를 탔다고 해도 도중에 정거장에서 붙잡혀요. 연락선을 탈 때 틀림없이 붙잡혀요. 동생이 올봄 고등소학교를 나오면, 아버지는 동생을 팔아넘길 꿍꿍이예요. 저도 매일, 팔아버리겠어, 팔아버리겠어, 하며 협박당했거든요. 동생이 팔리자마자 바로 돈을 보내 되사서 데려올 생각이에요."

"그거야말로 더 말도 안 돼. 만주 같은 데서 팔려버리면, 어디로 끌려가 무슨 일을 당할지 어떻게 알아?"

"그래도 어쩔 도리가 없어요. 도중에 붙잡혀 다시 끌려갔다간 죽임을 당할지도 몰라요."

가쓰코는 고개를 숙이고 말았다.

가쓰코는 환자인 그를 1년가량 곁에서 죽 보살펴온 아가씨였다. 그는 가쓰코와 헤어질 수 없다는 생각을 했다. 그러나 아내가 있는 그가 지금 이상으로 가쓰코를 사랑하는 건 그녀를 불행에 빠뜨리는 일이라는 게 이 세상의 관습이지만, 그녀를 불행하게 만든들 도리가 없다고까지 그는 결심하고 있었다. 그러던 차에 남동생의 편지가 왔다. 동생의 편지는 그의 볼을 싸늘하게 했다. 그녀의 남동생보다도 훨씬 불행했던 어린 시절의 생활로부터 머나먼 곳으로 죽을 둥 살 둥 도망쳐 온 가쓰코에게 또다시 불행한 미래를 갖게 할 수는 없지 않은가. 거기서 그의 감정은 멈춰 섰다. 그러나 그는 회복 중이었다.

그렇다. 내가 만주로 가서 계모의 손에서 남동생을 빼앗아 오기로 하자. 그리고 학교에 보내주자.

그는 기뻤다. 남동생을 보살펴주게 되면, 가쓰코와의 생활도 지속될 수가 있다. 그리고 자신의 힘으로 한 소년을 반드시 행복하게 해줄 수 있다. 일생 동안 한 사람이라도 행복하게 해줄 수 있다면, 그건 자신의 행복이다.

신神은 있다

해 질 녘이 되자 산기슭에 별 하나가 가스등처럼 큼직 반짝여, 그는 깜짝 놀랐다. 바로 눈앞에서 이토록 큼직한 별을, 그는 다른 지방에서 본 적이 없다. 그 빛의 화살에 쏘여 추위를 느끼고, 하얀 자갈길을 여우처럼 날쌔게 돌아왔다. 낙엽 한 잎 움직이지 않고 고요했다.

목욕탕으로 내달려 온천에 뛰어들고 따끈하게 적신 수건을 얼굴에 갖다 대자, 그제야 차가운 별이 뺨에서 떨어졌다.

"꽤 쌀쌀해졌네요. 이번 설날도 여기서 나십니까?"

봤더니, 여관에 와서 얼굴이 낯익은 새 장수였다.

"아니에요, 남쪽으로 산을 넘을까 생각합니다만."

"남쪽은 좋지요. 저희도 3, 4년 전까지 야마미나미山南에 있었던 터라, 겨울이 되면 남쪽으로 돌아가고 싶어진답니다" 하고 말하면서도 새 장수는 그가 있는 쪽을 돌아다보지 않았다. 그는 새 장수의 기묘한 동작을 가만히 훔쳐보고 있었다. 새 장수는 탕 속에서 무릎을 꿇고 몸을 바로 세우며,

욕조가에 걸터앉은 아내의 가슴 언저리를 씻기고 있었다.

젊은 아내는 가슴을 남편에게 바싹 갖다 대듯 내밀고, 남편의 머리를 보고 있었다. 자그마한 젖가슴이 하얀 술잔처럼 빈약하게 봉긋하여, 병 때문에 언제까지나 소녀의 몸 그대로인 그녀의 어린 청순함을 드러냈다. 이 부드러운 풀줄기 같은 몸은, 그 위에 떠받친 아름다운 얼굴을 한층 꽃처럼 느끼게 했다.

"손님, 야마미나미에 가시는 건 처음인가요?"

"아니요, 5, 6년 전에 간 적이 있습니다."

"그렇군요."

새 장수는 한쪽 손으로 아내의 어깨를 끌어안으며 비누거품을 가슴에서 씻어내주었다.

"고갯마루 찻집에 중풍 걸린 할아버지가 계셨지요. 지금도 계신가요?"

그는 실례되는 말을 했다 싶었다. 새 장수의 아내도 손발이 불편한 모양이다.

"찻집 할아버지? ― 누구 말씀이신지."

새 장수는 그가 있는 쪽을 뒤돌아보았다. 아내가 무심히 말했다.

"그 할아버지는 이미 3, 4년 전에 돌아가셨어요."

"아아, 그랬군요." 그는 비로소 새 장수 아내의 얼굴을 똑바로 보았다. 그리고 움찔 시선을 돌리는 동시에 수건으로 얼굴을 덮었다.

(그 소녀야.)

그는 해 질 녘 목욕탕 김 속에 몸을 숨기고 싶었다. 그
의 양심은 알몸이 부끄러웠다. 5, 6년 전 여행 때 야마미나
미에서 상처를 준 소녀다. 그 소녀 때문에 5, 6년 동안 줄곧
양심이 아팠던 것이다. 그러나 감정은 먼 꿈을 계속 꿈꾸었
다. 그렇다고 해도 탕 속에서 만나는 건 너무나도 잔혹한 우
연이 아닌가. 그는 숨이 막힐 것 같아 얼굴에서 수건을 떼어
냈다.

새 장수는 이제 그의 존재를 아랑곳하지 않고, 탕에서
일어나 아내의 등 뒤로 가 섰다.

"자, 한번 풍덩 들어가."

아내는 뾰족한 양쪽 팔꿈치를 약간 벌렸다. 새 장수가
겨드랑이 밑에서 가뿐히 안아 올렸다. 그녀는 영리한 고양
이처럼 손발을 움츠렸다. 그녀가 몸을 담그자 물결이 그의
턱 언저리를 찰랑찰랑 핥았다.

그때 새 장수가 뛰어들어 살짝 벗겨진 머리에 요란스레
물을 끼얹기 시작했다. 그가 얼핏 살펴보니 그녀는 뜨거운
탕 물이 몸에 저미는지, 두 눈썹을 찡그린 채 눈을 꼭 감고
있었다. 소녀 적에도 그를 놀라게 한 탐스러운 머리채가, 묵
직한 장식품처럼 어지럽게 기울어져 있었다.

헤엄쳐 돌아다닐 만큼 널찍한 목욕탕이라서, 한쪽 구석

에 몸을 담그고 있는 그가 누구인지를 그녀는 알아채지 못하는 모양이었다. 그는 기도하듯 그녀의 용서를 구하고 있었다. 그녀가 병에 걸린 것도, 그의 죄인지도 모른다. 하얀 슬픔 같은 그녀의 몸이, 그이 때문에 이토록 불행해졌다고 눈앞에서 말하고 있다.

새 장수가 손발이 불편한 젊은 아내를 애지중지 보살피고 있다는 사실은, 이 온천에서 상당한 평판을 얻었다. 매일 마흔 줄의 사내가 아내를 업고 목욕탕에 다닌대도, 아내의 병으로 인한 한 편의 시로서 누구나 흐뭇하니 바라보았다. 하지만 대개 마을의 공동 목욕탕에 들어가고 여관 목욕탕에는 오지 않기 때문에 새 장수 아내가 그 소녀일 줄은, 그는 전혀 알 턱이 없었다.

욕조에 그가 있다는 사실 따윈 잊어버린 듯, 얼마 후 새 장수는 자신이 먼저 탕을 나와 아내의 옷가지를 욕조 계단에 펼치고 있었다. 속옷부터 겉옷까지 소매를 터서 겹쳐놓고는, 탕 속에서 아내를 안아 올렸다. 뒤에서 끌어안긴 그녀는 여전히 영리한 고양이처럼 손발을 움츠리고 있었다. 동그스름한 무릎이 오팔 반지의 보석 같았다. 계단의 옷가지 위에 앉히고 그녀의 턱을 손가락 하나로 들어 올려 목을 닦아주거나, 빗으로 귀밑머리를 빗겨 올려주기도 했다. 그러고는 알몸의 꽃술을 꽃잎으로 감싸듯, 포근히 기모노로 휘감았다.

기모노 띠를 묶고 나서는, 부드럽게 그녀를 업고 강변을 따라 돌아갔다. 강변에는 흐릿한 달그림자가 졌다. 어설픈 반원을 그리며 아내를 떠받치고 있는 새 장수의 팔보다도 그 아래 하얗게 흔들리는 그녀의 발이 훨씬 작았다.

새 장수의 뒷모습을 배웅하자, 그는 부드러운 눈물을 탕 물 위에 뚝뚝 흘렸다. 자신도 모르게 순수한 마음으로 중얼거렸다.

"신은 계신다."

자신이 그녀를 불행하게 만들었다고 믿은 게 잘못이었음을 알았다. 분수를 모르는 생각이라는 걸 알았다. 인간은 인간을 불행하게 만들 수는 없다는 걸 알았다. 그녀에게 용서를 구하고자 한 것도 잘못이라는 걸 알았다. 상처 입힘으로써 높은 위치에 있는 자가 상처받음으로써 낮은 위치에 있는 자에게 용서를 구한다는 심정 따윈 사치임을 알았다. 인간은 인간을 상처 입힐 수 없다는 걸 알았다.

"신이여, 저는 당신에게 졌습니다."

그는 졸졸 흐르는 계곡 물소리를, 자신이 그 소리 위에 떠올라 흐르는 듯한 기분으로 들었다.

모자 사건

여름이었다. 아침마다 우에노上野의 시노바즈不忍 연못에서는 연꽃 봉오리가 가련한 폭음을 내며 꽃을 피웠다.

이것은 그 연못을 가로지르는 관월교觀月橋에서 생긴 어느 날 밤 이야기다.

다리 난간에는 더위를 피해 나온 사람들이 줄줄이 늘어서 있었다. 마파람이었다. 거리에는 단출한 얼음 가게의 주렴조차 맥없이 축 늘어져 꼼짝도 하지 않았다. 이런 때에도 여기는 연못에 비치는 달을 두 자尺짜리 금빛 비늘 물고기로 보여주는 미풍이 분다. 하지만 묵직한 연잎을 뒤집을 정도의 바람은 아니다.

더위를 식히는 사람들 중에도 단골이 있다. 단골은 바람이 통하는 길을 잘 알고 있다. 바람이 통하는 길까지 거침없이 다리를 건너면 난간의 쇠막대를 타 넘고 다리 한쪽 귀퉁이로 나간다. 그리고 게다를 벗어 맨발이 된 다음, 벗은 게다를 가지런히 놓고 그 위에 깔고 앉는다. 그러고는 모자를 벗어 무릎에 올리거나, 바로 곁에 놓는다.

광고판 전등이 연못 남쪽으로 빛을 흘려보낸다.

호탄寶丹

부루토제

우쓰구명환宇津救命丸

라이온 치약

기술자로 보이는 사람이 이런 이야기를 하고 있다.

"호탄이 전기 글자도 제일 크네. ── 오래된 점포인데도."

"저기가 호탄의 본점일 거야."

"호탄도 요즘은 한물갔어."

"그래도 그런 종류의 약 중에선 역시 호탄이 제일 낫지."

"좋은가?"

"좋아. 진탄仁丹* 같은 건 광고로 팔고 있으니까⋯⋯"

이때,

"앗, 야단났군!"

소리를 지르며 4, 5미터 앞의 젊은 남자가 다리 가장자리에 양손을 짚고 아래를 내려다보았다. 밀짚모자가 물 위에 떠 있다.

주변에서 더위를 식히던 사람들이 일제히 가벼운 웃음을 터뜨렸다. 모자를 떨어뜨린 남자는 얼굴을 붉히며 도망치려고 했다.

* 구강 청량제.

"이봐, 이봐."

호된 목소리였다. 그 목소리의 남자가 모자를 떨어뜨린 남자의 소맷자락을 붙들었다.

"주우면 되잖아요? 문제없어요."

모자를 떨어뜨린 남자는 깜짝 놀라 이 홀쭉한 남자를 돌아다보고는, 금세 맥없이 쓴웃음으로 얼버무렸다.

"괜찮습니다. 새 걸 살 수 있으니, 오히려 잘됐어요."

"어째서?"

묘하게 날카로운 어투였다.

"어째서라니, 지난해 산 낡은 거니까 새 걸 살 만한 때라는 거죠. 더구나 이렇게 젖었으니 밀짚이 물에 퉁퉁 불었을 텐데요."

"그러니까 퉁퉁 불기 전에 어서 주우면 되잖아요?"

"애써봤자 주울 수 없어요. 괜찮아요."

"못 주울 리가 있나. 이런 식으로, 다리 가장자리를 붙잡고 매달리면 발이 닿아."

홀쭉한 남자는 엉덩이를 연못 위에 쑥 내밀고, 매달리는 시늉을 해 보였다.

"내가 한쪽 손을 위에서 잡아줄 테니까."

홀쭉한 남자의 그 시늉에 사람들이 웃었다. 서너 명이 자리에서 일어나 다가왔다. 그들은 모자를 떨어뜨린 남자에게 말했다.

"그래, 자네, 주우라고. 물에다 모자를 씌운들 무슨 소용이람."

"그렇고말고. 커다란 연못에 작은 모자는 안 어울려. 돼지에 진주, 연못에 모자야. 어서 주우라고."

모자를 떨어뜨린 남자는 점점 모여드는 구경꾼들에게 적의를 드러내며 말했다.

"주워봤자 소용없어요."

"주워보고 소용없으면, 거지한테라도 주면 되잖아."

"차라리 처음부터 거지 머리에 떨어뜨렸으면 좋았을걸."

사람들의 웃음 속에, 홀쭉한 남자는 예리하고 진지했다.

"우물쭈물하는 사이 떠내려가고 말겠군."

그리고 한 손으로는 난간의 쇠막대를 잡고, 다른 한 손은 물 쪽으로 내뻗었다.

"자, 이 손을 붙잡고……"

"저걸 주우라고요?"

모자를 떨어뜨린 남자는 남 말 하듯 말했다.

"주워요."

"그럼……"

모자를 떨어뜨린 남자는 게다를 벗고 준비했다.

"손을 단단히 잡아주세요."

웃음소리가 뚝 그칠 정도로 구경꾼들에게는 뜻밖이었다.

모자를 떨어뜨린 남자가 오른손으로 홀쭉한 남자의 손을 잡고 왼손을 다리 가장자리에 걸치자, 두 발을 다리 기둥을 따라 줄줄 미끄러뜨렸다. 대롱대롱 매달렸다. 물에 발이 닿았다. 떠 있는 모자의 끄트머리를 발 사이에 끼웠다. 모자 챙을 한쪽 발가락으로 잡았다. 그러고는 오른쪽 어깨를 으쓱 들어 올려 왼쪽 팔꿈치를 다리 가장자리에 대고 오른손을 세게 잡아당겼다.

그 순간, 물보라를 일으키며 연못으로 풍덩 빠지고 말았다.

오른손을 붙잡아주고 있던 홀쭉한 남자가 손을 활짝 펼쳤다.

"아악!"

"떨어졌다."

"떨어졌다."

서로 밀치락달치락 물을 들여다보던 구경꾼들은, 이렇게 말하며 ── 뒤에서 떼밀려 풍덩풍덩 연못으로 떨어졌다.

이 북새통을 뚫고 지나가듯, 홀쭉한 남자의 새된 웃음소리가 해맑게 들려왔다.

"칸라, 카라, 카라, 카라, 카라……"

그 웃음소리의 남자는 하얀 다리 위를 검은 개처럼 몸을 눕히고 어두운 거리로 달려 나갔다.

"내뺐군!"

"빌어먹을!"

"소매치기 아냐?"

"미치광이 아냐?"

"형사 아냐?"

"……"

"……"

"우에노의 산도깨비야."

"시노바즈 연못의 갓파*야."

* 물속에 산다는, 어린애의 모습을 닮은 상상의 동물.

합장

1

파도 소리가 높아졌다. 그는 커튼을 걷었다. 역시 먼바다에 고기잡이 불빛이 있었다. 하지만 아까보다 멀리 보였다. 게다가 바다에 안개가 내리는 모양이었다.

그는 침대를 돌아다보고 간담이 오싹 서늘해졌다. 새하얀 천 한 장이 납작하게 펼쳐져 있을 뿐이다.

신부의 몸은 그 아래 폭신한 이불에 깊이 가라앉아버린 것일까, 이부자리에 봉긋한 낌새가 전혀 없다. 머리만 널찍한 베개를 베고 불거져 있었다.

잠든 그 모습을 가만히 바라보고 있자니, 까닭 없이 조용한 눈물이 흘렀다.

하얀 침상이 달빛 아래 떨어진 백지 한 장인 듯 느껴졌다. 그러자 커튼을 젖힌 창문이 갑자기 무서워졌다. 그는 커튼을 내렸다. 그리고 침대로 다가갔다.

베개 위 장식에 팔꿈치를 괸 채 잠시 신부의 얼굴을 들여다보다가, 침대 다리를 손바닥 사이로 스르르 미끄러뜨리며 무릎을 꿇었다. 둥근 철제 다리에 이마를 갖다 댔다. 금속의 차가움이 머리에 스며들었다.

조용히 합장했다.

"싫어요. 싫어요. 마치 죽은 사람에게 하듯 그러시네요."

그는 벌떡 일어서며 낯을 붉혔다.

"일어났군요."

"전혀 잠들지 못했어요. 꿈만 꾸었는 걸요."

가슴을 활처럼 둥글려 신부가 그를 보는 바람에, 새하얀 천이 포근히 부풀어 올랐다. 그는 천을 가볍게 두드렸다.

"바다에 안개가 끼었어요."

"아까 배들은 이미 다들 돌아갔을 테죠."

"아직 먼바다에 있어요."

"안개가 끼었는데도?"

"옅은 안개니까 괜찮겠지. 자, 그만 자요."

그는 하얀 천 위에 한쪽 손을 짚고 입술을 가져갔다.

"싫어요. 일어나 있으면 이러시고, 잠이 들면 죽은 사람 보듯 그러시네요."

2

합장은 어릴 적부터 그의 습관이었다.

부모를 일찍 여읜 그는 조부와 단둘이서 산동네에 살았는데, 조부는 장님이었다. 조부는 어린 손자를 자주 불단 앞으로 데려갔다. 그리고 손자의 자그마한 손을 더듬더듬 찾아 합장시키고, 그 위에 자신의 손을 올려 이중으로 합장했다. 정말 차가운 손이야, 하고 손자는 생각했다.

손자는 고집불통으로 자랐다. 떼를 써 조부를 울렸다. 그럴 때마다 조부는 산사의 스님을 불렀다. 스님이 오면 손자는 언제나 뚝 잠잠해졌다. 어째서 그런 건지 조부는 알지 못했으나, 스님은 손자 앞에 정좌하고 눈을 감은 채 엄숙히 합장해 보인다. 이 합장을 보면 손자는 몸에 오한을 느꼈다. 그리고 스님이 돌아가면 그는 조부를 향해 조용히 합장했다. 장님인 조부에겐 그게 보이지 않았다. 하얀 눈이 허무하게 떠져 있었다. 하지만 손자는 그때, 마음이 씻기는 걸 느꼈다.

이런 식으로 그는 합장의 힘을 믿게 되었다. 이와 동시에 육친이 없는 그는 많은 사람의 신세를 지고 많은 사람에게 죄를 지으며 자랐다. 그러나 그의 성질에 할 수 없는 게 두 가지 있었다. 얼굴을 맞대고 감사 인사를 하는 것과 얼굴을 맞대고 용서를 구하는 것이었다. 그래서 그는 남의 집에서 자신의 침상으로 갈 시간을 기다리다 못해, 거의 매일 밤 합장했다. 그렇게 해서 자신이 말로 하지 못한 마음이 모두에게 통할 것이라고 믿었다.

3

벽오동 잎사귀 뒤로 석류꽃이 등불처럼 피어 있었다.

이윽고 비둘기가 솔숲에서 서재 처마로 돌아왔다.

다시 이윽고 달빛 줄기가 장마 끝난 밤바람에 흔들리고 있었다.

낮부터 밤까지 그는 창문 앞에 가만히 줄곧 앉아 있었다. 그리고 합장한 채였다. 간단한 편지를 남기고 옛 애인이 있는 곳으로 도망친 아내가 다시 돌아오기를 기도하고 있었다.

귀가 차츰 맑아졌다. 멀리 떨어진 정거장에서 부는 역원의 호각 소리가 들리게 되었다. 무수한 사람 발소리가 저 멀리 빗소리인 듯 들려왔다. 그러자 아내의 모습이 머릿속에 보였다.

그는 한나절을 응시한 하얀 길로 나섰다. 아내가 걷고 있었다.

"이봐" 하고 어깨를 두드렸다.

아내는 멍하니 그를 보았다.

"잘 돌아왔어. 돌아와주기만 하면 돼."

아내는 그에게 기대어 쓰러지듯, 눈꺼풀을 그의 어깨에
비비댔다.

조용히 걸으며 그가 말했다.

"아까 정거장 벤치에 앉아 양산 손잡이를 깨물고 있
었지?"

"어머, 보셨군요?"

"보였어."

"그런데 아무 말도 안 했군요?"

"우리 집 창문에서 보였거든."

"정말?"

"보였으니까 마중 온 거야."

"왠지 오싹해."

"오싹한 느낌이 다야?"

"아뇨."

"당신이 한 번 더 집에 갔다 오자고 생각한 게 8시 반쯤
일 테지? 그것까지도 훤히 알았지."

"이제 그만해요. ── 전 이미 죽은 거잖아요. 생각나요.
시집온 날 밤, 당신이 저를 죽은 사람에게 하듯 손을 모아
절을 했잖아요. 그때 전 죽었잖아요."

"그때?"

"이젠 아무 데도 안 가요. 미안해요."

하지만 그는 이때, 자신의 힘을 시험하기 위해 세상의
모든 여자와 부부 관계를 맺어 그녀들을 합장하고픈 욕망을
느꼈다.

옥상의 금붕어

지요코의 침대에는 베갯머리에 커다란 장식 거울이 달려 있었다.

그녀는 매일 밤 머리를 풀고 하얀 베개에 뺨을 묻고서 그 거울을 고즈넉이 바라보았다. 그러면 물동이에 가라앉은 붉은 조화처럼 사자머리 금붕어 30, 40여 마리의 모습이 거울 속에 떠올랐다. 금붕어와 함께 달이 비치는 밤도 있었다.

하지만 달이 창문 너머로 그 거울을 비추는 게 아니었다. 옥상 정원의 수조에 떨어지는 달그림자가 지요코에게 보였다. 거울은 환幻의 은막이었다. 그래서 그녀의 정신은 날카로운 시각 때문에 축음기 바늘처럼 닳고 닳아져갔다. 따라서 그녀는 이 침대를 떠날 수 없게 되었고, 이 침대 위에서 음산하게 늙어갔다. 하얀 베개 위에 풀어 헤쳐진 검은 머리카락만이 언제까지나 풍성한 싱그러움을 남기고 있었다.

어느 날 밤 거울의 마호가니 틀을 하루살이가 아른아른 기어오르고 있었다. 그녀는 냅다 일어나, 아버지의 침실 문을 요란하게 두드렸다.

"아버지, 아버지, 아버지."

창백한 주먹으로 아버지의 옷소매를 잡아당기며 옥상 정원으로 뛰어 올라갔다.

사자머리 금붕어 한 마리가 괴상한 무엇을 임신한 배를 수조에 띄운 채 죽어 있었다.

"아버지, 죄송해요. 용서해주실 거죠? 네? 용서하지 않을 건가요? 난 밤에도 자지 않고 잘 지킨 걸요……"

아버지는 말없이 죽은 자의 관처럼 늘어선 여섯 개의 수조를 둘러보았다.

아버지가 옥상 정원에 수조를 만들어 난蘭금붕어를 키우기 시작한 것은 베이징에서 돌아온 후부터다.

그는 오랫동안 베이징에서 첩과 살았다. 지요코는 그 첩의 아이였다.

일본에 돌아온 건 지요코가 열여섯 살 때였다. 겨울이었다. 허름한 다다미방에 베이징에서 온 의자며 테이블이 어지러이 놓여 있었다. 이복 언니가 의자에 앉아 있었다. 지요코는 그 앞 다다미 바닥에 앉아 언니를 올려다보았다.

"난 이제 곧 남의 집 사람이 될 테니까 상관없지만, 지요짱은 아빠의 친자식이 아냐. 이 집에 와서 우리 엄마의 신세를 지는 이상, 그 점만은 잊지 말아줘."

지요코가 움찔 고개를 숙이자, 언니는 두 발을 그녀의

어깨에 걸치고 발등으로 그녀의 턱을 들어 올리며 고개를 쳐들게 했다. 그녀는 언니의 발을 그러안고 울었다. 그러안는 찰나, 언니의 발이 그녀의 품속으로 미끄러져 들었다.

"아아, 따뜻해. 버선을 벗기고 덥혀줘."

그녀는 울면서 품속에서 언니의 버선 매듭을 풀고 차가운 발을 젖가슴 위에 껴안았다.

머지않아 일식 가옥이 양옥으로 개축되었다. 아버지는 그 옥상 정원에 여섯 개의 수조를 늘어놓고 금붕어를 키우며, 아침부터 밤까지 늘 옥상에 올라가 있었다. 전국 도처의 금붕어 전문가를 부르는가 하면, 수천 리 길 먼 곳의 대회까지 금붕어를 들고 여행도 다녔다.

그 금붕어 돌보는 일을, 언제부턴가 지요코가 하게 되었다. 나날이 우울해지면서 금붕어만 바라보았다.

그녀의 어머니는 일본에 돌아와 별거를 하자마자 극심한 히스테리를 일으켰다. 그것이 잠잠해지자 아예 입을 다물고 말았다. 윤곽의 아름다움은 베이징에 있을 무렵과 조금도 변함이 없었지만, 피부색이 갑자기 흉측하게 거무튀튀해지고 말았다.

아버지의 집을 드나드는 청년 가운데, 지요코의 애인이 되고 싶다고 말하는 청년이 많았다. 그 청년들에게 그녀가 말했다.

"물벼룩을 잡아 오세요. 금붕어한테 먹일 거예요."

"어디 있나요?"

"도랑 곳곳을 찾아봐주세요."

그러나 그녀는 밤마다 거울 속을 응시하며 음산하게 늙어가, 스물여섯이 되었다.

아버지가 죽고 유언장이 공개되었다. ── 지요코는 내 자식이 아니라고 쓰여 있었다.

그녀는 울기 위해 자신의 침실로 갔다. 베갯머리의 거울을 보자, 아악 소리치며 옥상 정원으로 뛰어 올라갔다.

어느 틈에 어디서 왔는지, 그녀의 어머니가 수조 옆에 거무튀튀한 낯으로 서 있었다. 사자머리 금붕어를 한입 가득 우물거리고 있었다. 커다란 꼬리가 혀처럼 입에서 축 늘어져 있었다. 딸을 보고도 시큰둥한 얼굴로 금붕어를 우적우적 먹고 있었다.

"아아, 아버지!"

소리치면서 딸은 엄마를 때렸다. 엄마는 장식 벽돌 위에 나동그라져, 금붕어를 입에 문 채 죽었다.

이렇게 지요코는 부모의 모든 것에서 해방되었다. 아름다운 젊음을 되찾고 행복한 생애를 위한 여행을 떠났다.

돈의 길

1924년 9월 1일

"이봐 할멈, 슬슬 나가볼까?"

영리한 거지 겐은 대팻밥 안에서 너덜너덜한 군화 한 켤레를 꺼내 들고 왔다.

"외국인의 신神을 알아? 잠자는 사이 구두 안에 복을 넣어주신다는 신 말이야. 해마다 연말이 되면 모든 가게마다 양말을 주렁주렁 내다 팔잖아, 그거 말이야."

이렇게 말하며 겐은 구두를 거꾸로 들고 먼지를 탁탁 털었다.

"여기다 은화를 잔뜩 쑤셔 넣으면 얼마나 될까? 100엔일까, 1,000엔일까?"

그러나 할멈은 애벌로 바른 흙이 채 마르지 않은 벽에 기대어, 빨간 빗을 만지작거리며 멍하니 있었다.

"젊은 아가씨겠지."

"뭐가?"

"이 빗을 떨어뜨린 사람."

"당연하지."

"열여섯, 열일곱? 당신은 봤겠지?"

"그만해, 할멈. 죽은 처녀 생각을 또 하는군."

"오늘이 1주기야."

"그러니까 피복창 자리에 참배 가는 거잖아."

"피복창에 가면 난 이 빗을 처녀에게 올릴 거야."

"그러라지. ─ 하지만 할멈, 처녀를 떠올리는 것도 좋은데, 당신의 젊은 시절을 좀 떠올려보라고. 간밤에 내가 돌아와 2층으로 올라가 봤더니, 대팻밥 안에서 남녀가 튀어나오더란 말이지. 그 자리가 따뜻했어. 난 그 따뜻한 자리에 누워 당신을 기다렸어. 그런데 당신은 빨간 빗을 주워 와선 울기만 하잖아. 당신과 함께 거지로 지낸 1년, 딱 한 번만이라도 좋으니 당신을 젊게 만들어 부부로 죽고 싶어. 요즘은 불탄 자리에 공사 중인 집 어디고 할 것 없이 어린 녀석들이 몰래 들어와 정을 통한단 말이지. 난, 아직 쉰도 안 됐어."

"난 쉰여섯. 죽은 남편은 두 살 아래였어. 난 꿈을 꿨어. 피복창에서 죽은 사람들이 모두 수천 명, 수만 명씩 모여 길고 긴 다리를 건너고 있었지. 극락이 멀다 하던걸."

"자, 같이 가자고. 오늘 밤은 달콤한 술을 마실 수 있지. 당신은 거기 가면 왼쪽 구두를 빌려주라고. 오른쪽 발이 더 쓰기 편하니까."

겐은 헐렁헐렁한 군화를 걸쳐 신고 일어서며 할멈의 허리에 묻은 대팻밥을 털어주었다.

지난해 9월 1일의 대지진에 할멈 가족은 한 명도 빠짐없이 피복창에서 불에 타 죽었다.

그리고 할멈은 아사쿠사淺草 공원의 시청 가건물에 거주하게 되었다.

공원에 터를 잡고 있던 영리한 거지 겐은 지진 이후의 혼란을 틈타 이재민을 가장하고 의류며 식품 배급을 받았다. 그런데 거지들이 가건물에서 쫓겨날 때, 겐은 외톨이 할멈과 충분히 이야기를 나누고 그 남편의 동생이 되는 허락을 받았다. 하지만 시청도 아직 일할 수 있는 남자를 언제까지나 그저 얻어먹게 놔둘 수 없었고, 타고난 그의 거지 근성도 한몫해, 두세 달 후 관청의 구호소를 나오고 말았다.

할멈은 겐과 헤어질 수 없었다. 어느 사이에 겐에게 기대어 살게 되어버렸다. 그러고 나서 두 사람은 함께 거지로 지냈다. 도쿄 절반에 이르는 불탄 자리에 공사 중인 이 집 저 집을 돌아다니며 그날 밤의 비와 이슬을 피하고 있었다.

그날, 피복창 자리에 칙사가 나왔다. 총리와 내무장관, 도쿄 시장이 행사장에서 조사弔辭를 읽었다. 외국 대사들이 화환을 보냈다.

11시 58분에 모든 교통기관은 1분간 차량을 세우고 전

시민이 묵념했다.

요코하마 언저리에서도 모여든 증기선은 스미다隅田강 여기저기서 피복창 연안으로 왕복했다. 자동차 회사는 앞다투어 피복창 앞으로 출장 나왔다. 각 종교 단체와 적십자 병원, 기독교 여학교는 식장으로 구호반을 보냈다.

엽서 판매상은 부랑인들을 그러모아, 지진에 참사한 시신의 사진 밀매단으로 파견했다. 영화사 사진사들이 높은 삼각대를 들고 다녔다. 환전상이 늘어서고, 참배자들의 은화를 새전함에 넣을 동전으로 바꾸었다.

청년단원은 제복 차림으로 연도를 경계했다. 아즈마바시吳妻橋 동쪽과 료고쿠바시兩國橋 동쪽 가건물은 집집마다 조의를 표하는 막을 쳤고, 물, 우유, 비스킷, 삶은 계란, 얼음 조각을 참배객들에게 대접했다.

지난해 비극의 에필로그 무대 ─ 수만의 군중에 떼밀리며 겐은 할멈의 팔을 낮게 붙잡고 있었다. 껍질 벗긴 나무에 흑백 천을 감은 높다란 문 앞에서 재빨리 왼쪽 구두를 할멈에게 신겼다.

"오른발 짚신을 벗어. 맨발이 될 거면."

그리고 막대기로 에워싼 길을 마구 뒤엉킨 채 떼밀려, 한 발 한 발 납골당 정면으로 흘러갔다. 사람들 머리 저편으로 검은 소나기가 떨어지고 있었다.

"그렇지. 할멈, 저걸 봐. 저게 다 돈이야. 돈 비가 내려."

화환과 붓순나무 꽃이 화려한 숲처럼 큼직하니 보이기 시작하자, 돌연 발이 차갑다. 돈이다.

"아얏!"

"아파."

사람들이 목을 움츠렸다. 돈이다. 발밑은 동전, 동전, 은화다. 온통 돈이다. 돈 위를 걷고 있다. 납골당 앞 하얀 천은 돈 언덕이다. 옴짝달싹 못 하는 군중이 그 앞에 도착하기를 기다리다 못해 던지는 돈, 그것이 우박처럼 후드득후드득 머리 위로 내렸다.

"할멈, 내 꾀를 이제 알겠나? 단단히 부탁하네."

젠의 목소리가 떨렸다. 왼쪽 발가락으로 분주히 돈을 주워, 큼직한 오른발 구두에 떨어뜨렸다.

차가운 돈 길은 납골당이 가까워질수록 점점 두꺼워진다. 사람들은 이미 땅에서 3센티미터 위를 걷고 있었다.

무거운 구두를 끌고 강 하류의 한적한 강기슭까지 멀리 달아났다. 녹슨 함석지붕 뒤에 웅크리고는 료고쿠강의 수로 개통식 날처럼 많은 배와 인파에 놀랐다.

"아아! 난 죽어도 좋아. 돈 길을 걸었거든. 아아! 아까워라. 아까워. 난, 지옥의 바늘 산을 걷는 듯 다리가 얼어붙어 버렸어."

젠의 창백한 얼굴과 달리 할멈의 뺨은 생기 넘치고 발

그레 물들었다.

"겐, 난 정말이지 처녀처럼 가슴이 두근두근했어. 은화 위를 걸을 때 얼마나 기분이 좋던지! 멋진 사내한테 발바닥을 깨물린 것 같았어."

할멈은 왼발 구두를 벗었다. 그 안을 들여다본 겐은 깜짝 놀라 소리쳤다.

"우와! 당신은 은화만 주웠는걸!"

"그럼! 겐, 동전 따윈 시시해서 주울 수 없잖아?"

"흐음. 대단해!"

겐은 할멈의 얼굴을 물끄러미 바라보았다.

"난 역시 거지 근성이야. ── 내 허리띠도 안 보이는 인파에 은화와 동전을 어떻게 구분하지? 난 돈은 못 밟아. 열장 줍고는 발이 오그라들었어. 여자란 막상 닥치면 배짱이 두둑해."

"무슨 소리? 어서 계산해봐."

"50전, 60전, 80전, 90전, 1엔 40전 ── 21엔 30전, 아직 더 있어."

"있잖아, 겐. 난 처녀한테 빚을 올려주는 걸 잊어버렸어, 품에 넣어둔 채."

"처녀도 성불 못 하겠군."

"강에 흘려보낼 거야. 이 구두에 넣어 흘려보낼 거야."

할멈은 처녀처럼 크게 팔을 휘둘러 구두를 강으로 내던

졌다.

"겐, 돈 계산 따윈 내일 해도 돼. 술을 사자고. 도미를 사자고. 오늘 밤 난 — 시집갈 거야. 알겠어? 겐, 무얼 멍하니 그러고 있어? 이상한 사람."

할멈의 눈은 기괴하리만치 젊디젊은 빛으로 촉촉해졌다.

찬찬히 가라앉는 구두 안에서 빨간 빗이 떠올라, 고요히 강 하류를 흘러갔다.

아침 발톱

가난한 처녀가 가난한 집의 2층을 빌려 살고 있었다. 그리고 애인과의 결혼을 기다리고 있었다. 그런데 매일 밤 다른 남자가 처녀의 집으로 찾아왔다. 아침 해가 들지 않는 집이었다. 처녀는 너덜너덜한 남자의 게다를 신고 뒤뜰에서 자주 빨래를 했다.

밤에 남자들은 으레 누구 할 것 없이 말했다.

"뭐야. 모기장도 없잖아."

"죄송해요. 제가 밤새도록 일어나 앉아 모기를 쫓아드릴게요. 미안해요."

처녀는 안절부절못하며 푸른 모기향에 불을 붙였다. 전등을 끄고 나서 처녀는 그 모기향의 자그만 불 하나를 바라보며 언제나 어린 시절을 떠올렸다. 그리고 언제까지나 남자의 몸을 부채로 부쳐댔다. 부채질하는 꿈을 연신 꾸었다.

벌써 초가을이다.

드물게 노인이 가난한 2층으로 올라왔다.

"모기장을 치지 않나?"

"죄송해요. 제가 밤새도록 일어나 앉아 모기를 쫓아드릴게요. 미안해요."

"그런가. 잠깐 기다리게."

이렇게 말하고 자리에서 일어선 노인에게 처녀가 매달렸다.

"아침까지 모기를 쫓아드릴게요. 전 잠시도 잠을 안 잘 거예요."

"음. 곧 돌아오겠네."

노인은 계단을 내려가버렸다. 전등을 켠 채 처녀는 모기향을 지폈다. 환한 곳에서 혼자서는 어린 시절을 떠올릴 수도 없었다.

한 시간쯤 지나 노인이 되돌아왔다. 처녀는 벌떡 일어났다.

"호오, 신기하게도 모기장 걸이만은 있군."

노인은 새하얀 새 모기장을 가난한 방에 걸어주었다. 처녀는 그 안에 들어가 모기장 자락을 펼쳐가면서 산뜻한 촉감에 가슴이 설레었다.

"꼭 돌아와주실 거라는 생각에 전등을 끄지 않고 기다렸어요. 환한 그대로 하얀 모기장을 좀더 바라보고 싶어요."

하지만 처녀는 몇 달 만의 깊은 잠에 빠졌다. 아침에 노인이 돌아가는 것도 알지 못했다.

"이봐, 이봐, 이봐, 이봐."

애인의 목소리에 잠이 깼다.

"드디어 내일 결혼할 수 있어. ─ 음. 좋은 모기장이군. 보기만 해도 시원한걸."

말하자마자 그는 모기장 걸이를 죄다 벗겨내버렸다. 그리고 처녀를 모기장 밑으로 잡아 끌어내어 모기장 위로 던져 올렸다.

"이 모기장 위로 올라가. 큼직한 하얀 연꽃 같군. 이제야 이 방도 너처럼 깨끗해졌어."

처녀는 산뜻한 마麻의 감촉에 하얀 신부를 느꼈다.

"난 발톱을 깎을래."

방 안 가득한 하얀 모기장 위에 앉아, 그녀는 잊고 있었던 긴 발톱을 무심히 깎기 시작했다.

여자

성시城市의 선禪 스님은 머리가 표주박처럼 생겼다. 산문을 들어온 무사에게 말했다.

"도중에 화재를 보셨는가?"

"여자가 울부짖고 있었소. 남편이 불에 타 죽었다며 울부짖고 있었소. 어찌나 애처롭던지."

"하하하하하, 그 울음소리는 거짓일세."

"무슨 말씀이신지."

"그건 헛울음일세. 그 여잔 남편이 죽은 걸 기뻐하고 있네. 필시 남자가 생겼을지도 모르지. 남편에게 억지로 술을 먹여 취해 잠들게 만들어, 남자와 둘이서 남편 머리에 바늘을 찔러 죽인 다음 집에 불을 질렀을지도 모를 일이네."

"소문이 있는가?"

"소문은 없네. 저 울음소리지."

"울음소리라니?"

"인간에겐 부처님과 똑같은 귀가 있다네."

"으음. 참말이라면 몹쓸 여자로군!"

젊은 사무라이는 눈을 희번덕거리며 산문을 내달렸다.

잠시 후 창백해져 돌아왔다.

"스님."

"어찌하셨는가?"

"일도양단에 성패를 보고 왔소."

"하하하하하, 그런가."

"그런데 번쩍이는 칼날을 보는 동시에 스님 말씀이 의심스럽더이다. 여자는 새까맣게 탄 시신을 부여잡고 목청껏 울부짖고 있었소. 소인에게 두 손 모아 인사하더이다. 죽여주세요, 남편한테 보내주세요, 고맙습니다, 방긋 웃으며 죽었소."

"그랬겠지. 당연해."

"무슨 말씀이신지."

"내가 지나갈 때는 헛울음. 자네가 지나갈 땐 진짜 울음이었네."

"출가하신 처지에 사람을 잘도 속이시는구먼."

"자네가 부처님과 똑같은 귀를 갖지 못했을 뿐일세."

"무사의 칼을 더럽혔소. 더럽혀진 칼을 어찌하시겠소?"

"정결케 해드리지. 칼을 뽑으시오."

"표주박 머리를 내리치란 말인가."

"거듭 더럽힐 걸세."

"그렇다면……"

"우선 이리 줘보게나."

스님은 시퍼런 칼을 받아 들고,

"에잇!" 기합과 함께 무덤의 돌비석을 후려쳤다. 따닥하고 돌탑 하나에 꽂혔다. 돌에서 새빨간 피가 철철 흘렀다.

"야, 야!"

"죽임을 당한 남자의 피라네."

"남자의 피라."

"죽임을 당한 여자의 피라네."

"뭐라. 요술을 부려 소인을 갖고 놀 셈인가."

"요술이 아닐세. 그 불탄 집안의 조상 대대로 내려온 돌탑일세."

무사는 부르르 몸을 떨기 시작했다.

"스님. 그 칼은 선조 대대로 우리 집안에 전해 내려온 명검인지라……"

"잡아 뽑으면 되잖은가."

무사가 칼에 손을 대고 잡아당기자 돌탑이 쓰러지고 그 바람에 칼날이 뚝 부러졌다. 돌탑에는 손톱자국만 한 상처도 없이 푸른 이끼가 반들반들 전체를 감싸고 있었다.

"오호, 신기해라."

무사가 엉덩방아를 찧으며 부러진 칼을 멍하니 바라보고 있는 사이, 스님은 서둘러 본당으로 올라갔다.

"벌써 독경 시각이로군."

무시무시한 사랑

그는 아내를 극도로 사랑했다. 즉 한 여자를 지나치게 사랑했다. 따라서 아내가 젊은 나이에 죽은 것은 자신의 사랑에 대한 천벌이라고 생각했다. 그것밖에는 아내의 죽음에 대해 생각해볼 여지가 없었다.

아내가 죽고 나서 일절 여자를 멀리했다. 집에서도 여자를 쓰지 않기로 했다. 취사나 청소도 남자에게 시켰다. 이는 아내 이외의 여자를 미워해서가 아니었다. 여자란 여자는 죄다 죽은 아내로 보이기 때문이었다. 이를테면 어느 여자건 아내와 마찬가지로 생선 비린내가 나기 때문이었다. 그리고 이것도 자신이 아내를 지나치게 사랑한 천벌이라 생각하고, 여자 없이 살아가야 하는 사실에 체념하고자 했다.

그러나 그의 집에 어찌해볼 도리 없는 한 여자의 존재가 있었다. 딸이 있었다. 그녀가 이 세상의 어느 여자보다도 죽은 아내를 닮은 건 당연했다.

딸이 여학교에 다니게 되었다.

한밤중 딸의 방에 전등이 켜졌다. 그는 장지문 틈새로

엿보았다. 딸이 작은 가위를 들고 있었다. 한쪽 무릎을 세워 벌리고 앉아 한참 동안 고개를 숙인 채 가위질을 했다. 다음 날 딸이 학교에 간 뒤, 그는 몰래 그 가위의 하얀 날을 바라보다 오한에 몸을 떨었다.

한밤중 딸의 방에 전등이 켜졌다. 그는 장지문 틈새로 엿보았다. 딸은 이부자리 위의 하얀 천을 그러모아 끌어안고 방을 나갔다. 수돗물 소리가 들렸다. 잠시 후 딸은 화로에 불을 피워 그 위에 하얀 천을 덮어씌우고 멍하니 앉아 있었다. 그러고는 울음을 터뜨렸다. 울음을 그치자 그 천 위에다 손톱을 깎기 시작했다. 천을 벗겨낼 때 손톱을 떨어뜨린 듯, 그는 손톱 타는 냄새에 토할 뻔했다.

그는 꿈을 꾸었다. 그가 딸의 비밀을 본 것을, 죽은 아내가 딸한테 이야기하는 꿈이었다.

딸은 그의 얼굴을 보지 않게 되었다. 그는 딸을 사랑하지 않았다. 이 여자를 사랑함으로써 또 한 남자가 여러 천벌을 받을 걸 생각하면, 오싹했다.

마침내 어느 날 밤 딸은 잠든 그의 목을 단도로 겨누었다. 그는 그걸 알고 있었다. 자신이 아내를 극도로 사랑한, 한 여자를 지나치게 사랑한 천벌이라 체념하고 조용히 눈을 감고 있었다. 어머니의 원수를 딸이 갚는 것이라고 느끼면서 칼을 기다렸다.'

역사

그 두메산골 마을에는 지나치게 번듯한 한 줄기 길이 나 있었다. 이 길의 목적은 그 적적한 마을이 아니라, 마을 남쪽 산을 넘어 반도를 가로지르는 데 있었다. 이 길이 생겼을 때 마을에는 이런 소문이 났다. 조만간 전쟁이 터진다. 이 길은 반도의 남쪽 끝으로 대포와 군대를 실어 나르기 위한 것이다.

마을 사람들은 여전히 바위를 넘고 현수교를 건너 계곡 옆 온천에 가야만 했다. 그 온천탕은 계곡 옆이라기보다 계곡 안에 있었다. 할미새 꼬리가 목욕통 테두리를 쳤다.

대포는 아직 지나가지 않았지만 자동차가 지나가고 부자가 왔다. 부자 노인은 이 계곡에 많은 바위의 청아한 순백이 마음에 든다 하고 별장을 지었다. 원탕에서 별장으로 온천수를 차지하면서 마을 한가운데 있는 소귀나무 아래까지 온천수를 끌어 공동탕을 만들어주었다. 그리고 '소귀나무탕'이라고 이름 지었다. 밤에 소귀나무 열매가 함석지붕에 떨어지는 소리에 탕 안의 처녀가 펄쩍 뛰었다.

또한 노인은 계곡을 따라 샛길을 만들어주었다. 원탕을 넓혀 콘크리트 욕조로 바꿔주었다. 더구나 계곡 언저리의 들국화와 참억새만 무성한 토지를 사주었기 때문에 마을 사람들은 더더욱 반겼다.

그 후 10년, 노인은 원탕 주변을 폭탄으로 파기 시작했다. 물론 그의 땅이었다. 원탕은 곧 잘 나오지 않게 되었고 미지근해져버렸다. 노인이 판 연못은 지옥 가마솥처럼 모락모락 김이 올랐다.

마을 사람들은 서로 얼굴을 마주하고 거듭 얼굴을 마주하고서, 이런저런 은혜를 입은 노인에게 찾아갔다. 노인은 웃었다.

"그건 염려 안 해도 돼. 나는 마을 온천수를 파주고 있는 거야. 원탕을 1,000명이 들어갈 수 있는 공동탕으로 만들어주지."

맞는 말이었다. 새로운 욕조는 하늘색 도자기로 온통 덮였다. 목욕탕 천장 위는 넓디넓은 탈의실이었다.

그리고 노인은 마을 사람들이 가져다주는 신선한 채소를 사랑하면서 별장에서 이 계곡의 풍경을 예찬하는 한시와 하이쿠를 지었다. 오래된 원탕은 모밀잣밤나무 낙엽에 묻히고 말았다.

노인이 죽자 마을은 그의 기념비를 세웠다.

그 제막식에 노인의 아들이 찾아왔다. 보름이 채 지나

지 않아, 그는 온천 여관을 짓기 시작했다. 공동탕은 돌담 안에 빼앗기고 여관의 옥내 탕이 되고 말았다.

마을 사람들은 또다시 얼굴을 마주하고 마주했다. 아들은 그 모습을 냉소했다. 마을 사람이 말했다.

"부친하고는 영 딴판이군. 어르신의 마음을 모르다니……"

"흥! 난 아버지 아들이야. 아버지처럼 겁쟁이가 아닐 뿐이지. 덕분에 아버지처럼 사기는 안 쳐."

"아깝군. ─ 어르신이 만들어주신 길을 걷기도 싫어지는걸."

"멍청이들. 겨우 자전거가 지나갈 정도의 길이잖아. 그 길이 지녔던 의지를 비로소 알고 깜짝 놀란다면, 머잖아 두 눈을 부릅뜨고 자동차가 지나갈 도로의 의지를 잘 생각해둬."

마미인馬美人

"이 세상에 나만큼 선심 좋은 사람도 없어. 남편을 남한테 줘버렸으니까. 하하하하하……"

드럼통 같은 배를 출렁대며 어머니는 푸른 하늘처럼 웃었다. 슬퍼지려고 해도 그 배가 허락하지 않는다. 그 배 속에는 환한 풍선이 가득 들어차 있어 심장을 가볍게 만든다.

"이 세상에 나만큼 선심 좋은 사람도 없지. 딸과 말 그리고 집을 마누라한테 줘버렸으니까."

아버지는 이렇게 말할지도 모른다. 그는 첩과 함께 마을 변두리의 작은 집에 살고 있다.

한편 어머니의 집은 들판에 있다. 뒤쪽 대나무 숲에는 햇살의 잔물결이 춤추고, 처마 끝에는 줄줄이 매달린 옥수수가 낡은 집에 등불을 켜고, 마당에는 코스모스가 피어 있다. 하얀 수탉이 가냘픈 줄기를 투덕투덕 잘라내는 듯 코스모스 밭에서 날개를 퍼덕거린다.

그리고 그 조화 같은 꽃 위로 마구간의 말이 얼굴을 축 늘어뜨린 채 내밀고 있다. 남편은 말까지 주고 떠났다. 이 집에는 말이 있다. 그래서 마을 젊은이들은 이 집의 딸을 '마미인'이라고 부른다. 마미인.

마미인은 열여섯에 남자를 알았다.

이 마을에는 빛처럼 움직이는 눈동자가 둘밖에 없었다. 그 둘 모두 마미인이 가지고 있었다. 게다가 두 눈동자 모두 아주 새까맸다. 그리고 그녀의 목소리는 남자처럼 굵직했다. 목에 탈이 난 씨름꾼처럼 걸걸한 목소리였다. 더구나 해가 갈수록 점점 남자다워졌다. 하지만 마미인에게 남자다워진다는 건 사실 오히려 여자다워지는 것이었는지도 모른다. 이는 마을 젊은이들의 야단법석으로 알 만하다.

5월 아침, 마미인은 어머니와 논에 나가 있었다. 말이 끄는 쟁기 손잡이를 어머니가 잡고 걸었다. 자꾸만 위로 떠오르는 통에 땅이 깊숙이 갈리지 않았다. 이 모습을 본 딸은 첨벙첨벙 흙탕물을 온통 허리춤에 튕겨 올리며 야생마처럼 논으로 뛰어들어,

"멍청이!"

어머니의 뺨을 후려쳤다.

"무슨 짓이야! 물을 쓰다듬는 게 아냐. 흙을 갈아엎어야지, 흙을!"

뺨을 문지르며 우뚝 그 자리에 멈춰 선 어머니는 오른손을 움직이고, 가는 쟁기에 이끌려 휘청휘청 걸어 나가는 동시에 큼직한 배를 출렁대며, 그러나 남편이 떠났을 때보

다 쓸쓸한 듯 웃으며 이웃 논의 마을 사람들에게 말했다.

"우리 딸한텐 신랑이 여럿 있건만, 딸의 신부는 나 혼자뿐이라서 도저히 견딜 수가 없네."

그 어머니가 아버지 집으로 간다고 한다. 아버지가 빚에 시달리다 그녀의 집이며 말을 남의 손에 넘겨주고 말았다. 그리고 첩과 헤어졌다.

달빛은 교교히 소리를 내고 이 들판 위의 집을 푸르스름한 빛의 바닥에 가라앉히고 있었다. 어머니의 큼직한 배는 편안하게 늘어져, 내일 가게 될 남편의 집에 대한 꿈을 얹고 있었다. 그 이부자리에서 마미인이 덜컥 몸을 일으켰다. 퉤, 하고 어머니의 배에 침을 내뱉었다.

그러고는 마구간의 안장 없는 말 위에 사뿐히 올라타, 코스모스 꽃을 말발굽으로 마구 짓밟으며 달빛을 소리 나게 걸어차 흩뜨리고, 하얀 거리를 쏜살같이 검은 유성처럼 남쪽 산으로 ―

그런데 마을 사람 하나가 말하길,

"항구에서 말을 팔아 배 타고 남자 만나러 갔다더군."

어머니가 말하길,

"딸은 내 남편이었는데 딸도 남자를 따라 떠나버렸지."

아버지가 말하길,

"마미인 따위의 별명을 지어준 것부터가 잘못이야. 그러니까 내가 판 말을 타고 도망간 거라고."

또 한 젊은이가 말하길,

"난 봤어. 마미인은 산꼭대기에서 말과 함께 하늘의 달을 향해 화살처럼 날아갔어."

백합

유리코는 초등학교 때,

'우메코는 너무너무 불쌍해! 엄지손가락보다 작은 연필을 쓰고, 오빠가 쓰던 낡은 가방을 들다니' 하고 생각했다.

그리고 제일 좋아하는 친구와 똑같은 걸 지니려고 작은 칼에 딸린 작은 톱으로 긴 연필을 여러 개로 동강 냈고, 오빠가 없는 그녀는 울며불며 남자아이 가방을 사달라고 졸랐다.

여학교 시절,

'마쓰코는 너무너무 아름다워! 동상에 걸린 귓불이며 손가락이 발그레 물들어 어찌나 귀여운지!' 하고 생각했다.

그리고 제일 좋아하는 친구와 똑같이 되기 위해 세숫대야의 찬물에 한참 동안 손을 담그거나, 차가운 물에 귀를 적시고 새벽바람을 맞으며 학교에 다녔다.

여학교를 나와 결혼하자, 말할 필요도 없이 유리코는 푹 빠진 것처럼 남편을 사랑했다. 그리고 제일 좋아하는 사람을 똑같이 그대로 흉내 내기 위해, 머리카락을 자르고 도수 높은 근시 안경을 끼고, 수염을 기르고, 마도로스파이프를 입에 물고 남편을 "이봐" 하고 부르고, 씩씩한 걸음걸이로 육군에 지원하고자 했다. 그런데 놀랍게도 이 가운데 어느 한 가지도 남편은 허락하지 않았다. 남편과 똑같은 속옷을 입는 것조차 투덜댔다. 남편과 똑같이 얼굴에 분칠을 하지 않는 것조차 언짢아했다. 그래서 그녀의 사랑은 손발이 꽁꽁 묶이고 자유롭지 못해, 싹이 잘려나간 듯 점점 쇠약해져갔다.

"너무너무 미운 사람! 어째서 내가 똑같이 하도록 내버려 두지 않는 걸까? 사랑하는 사람과 내가 다르다는 건 정말 쓸쓸해."

그리고 유리코는 신神을 사랑하게 되었다. 그녀는 기도했다.

"하느님, 부디 모습을 보여주시어요. 어서 보여주시어요. 저는 사랑하는 하느님과 똑같은 모습으로 똑같은 일을 하고 싶습니다."

신의 목소리가 하늘에서 상쾌하게 울려 퍼졌다.

"그대 백합꽃이 될지어다. 백합꽃처럼 그 무엇도 사랑하지 말지어다. 백합꽃처럼 모든 것을 사랑할지어다."

"네." 고분고분 대답하고, 유리코는 한 송이 백합꽃이 되었다.

처녀작의 재앙

　일고一高*의 『교우회 잡지』에 「지요」라는 소설을 냈다.
이것이 내 처녀작이다.

　그 무렵 일고의 문과생들 사이에는 미쓰코시三越나 시
로키야白木屋 식당에 여급을 차지하러 가는 일이 유행이었
다. 우리는 매일 백화점에 들러 커피나 단팥죽을 먹으며 식
당에 두 시간이고 세 시간이고 앉아 있었다. 죽치고 있기 힘
든 곳에 오래 벋대는 '담력 시험'을 했다. 우리는 이름도 모
르는 여급을 가슴에 단 번호의 독일 발음으로 부르고, 커다
란 눈이 병약하게 젖어 있는 파리한 소녀를 화투에 빗대어
'청단青丹'이라고 불렀다. 미쓰코시의 16번(제히첸)과 시로키
야의 9번(나인)이 우리들 인기의 중심에 있었다. 나는 친구
마쓰모토에게 말했다.

　"가방만 들고 있으면 하굣길이라 생각해. 같은 방향에
집이 있다고 여겨 의심하지 않아. 그러고는 여자 집까지 따

* 제일 고등학교. 현재 도쿄대학 교양학부의 전신.

라가면 돼."

그 전날 나는 가방을 들고 시로키야의 퇴근 시간을 기다렸다가 9번과 같은 전차를 탔었다. 그녀는 가나스기바시金杉橋에서 내렸다. 그리고 그녀가 메구로目黑행으로 갈아타는 걸 보면서 나는 그다음에 오는 덴겐지天現寺행을 타고 말았다. 앞 전차를 놓치고 나서 나는 어디에서 갈아탔는지 알수 없지만, 정신을 차리고 보니 가을 석양에 물든 교외를 달리고 있었다.

다음 날도 역시 니혼바시日本橋에 가보니, 시로키야 앞에 가방을 든 일고생이 멍하니 서 있었다. 마쓰모토다. 나는 낄낄 포복절도하고 웃으며, 뒷골목을 돌아 마루젠丸善에 신간 서적을 보러 갔다.

마쓰모토가 기숙사에 돌아오기만을 기다렸다가 찻집으로 끌고 갔다. 그는 9번과 같은 장소에서 전차에서 내려 말을 걸었다고 한다. 그녀는 집에 가서 어머니께 이야기해달라고 하면서 자신의 우산 아래 자리를 내주었다. 그녀의 집은 아자부麻布 10번지 뒷골목의 꾀죄죄한 전병 가게였다. 어머니와 남동생이 있었다. 딸에게는 이미 약혼자가 있고, 의학교에 다니고 있다고 어머니가 말했다. 그리고 그녀의 이름은 후루무라 지요코라고 했다.

그래서 나는 그녀에게 건네지 못한 원고지 16매의 연애편지를 찢어버리고 「지요」라는 소설을 썼다. 그 줄거리는,

─ 다나카 지요마쓰가 중학교 기숙사로 두 번이나 나를 찾아와 조부의 대출 확인증을 내 이름으로 바꿔 써달라고 했다. 게다가 그때까지의 이자를 원금에 보태어, 빚 갚는 기한을 그해 12월로 해달라고 했다. 나는 무엇보다 학생들의 귀와 눈이 두려웠기 때문에 언쟁도 하지 못한 채, 사감실에서 종이 한 장을 꺼내 와 몰래 확인증을 썼다. 우선 미성년자의 확인증 따윈 휴지나 마찬가지인 데다, 기숙사까지 쳐들어가 아이에게 그런 일을 시키는 건 너무 가엾다고 내 친척들뿐만 아니라 마을 사람들까지도 지요마쓰를 도깨비라고 했다. 그는 사과하는 뜻에서일까, 육친이 없는 내게 이런저런 호의를 베풀었다.

일고의 기숙사로 지요마쓰의 딸이 느닷없이 편지를 보내와, 아버지의 유언이라면서 50엔을 보내주었다. 죽을 때까지 그때 일을 괴로워했나 싶어, 나는 지요마쓰가 안타까웠다.

나는 그 돈으로 이즈伊豆 여행을 떠났다. 그리고 유랑 극단 무희를 사랑했다. 그녀는 지요라고 했다. 지요마쓰와 지요. 지요마쓰의 딸 역시 지요라고 했다.

그 후 도쿄로 돌아와 새로운 사랑을 했다. 그 처녀의 이름이 또한 지요였다. 지요마쓰의 딸 지요한테서도 여전히 편지가 온다. 나는 두렵다. 지요라는 이름이 아닌 여자와 사랑을 하고 싶다. 하지만 앞으로 몇 명의 여자를 사랑한다고 해도, 그녀들은 한 사람도 빠짐없이 분명 이렇게 말할 게다. "저는 지요코예요." 지요마쓰 혼령의 재앙이다. ──

이 가운데 세번째 지요의 모델이 시로키야의 9번이었다. 그녀가 후루무라 지요코니까 나는 「지요」라는 소설을 썼을 뿐이다. 그런데 이 처녀작이 재앙을 불렀다.

『교우회 잡지』가 나온 지 1주일도 채 안 되어 나는 학교 도서관에서 안색이 변했다. 오사카 신문의 한 귀퉁이에 우리 마을의 이름이 나와 있기에 읽어보니, 호리야마 이와오가 발광하여 마누라와 아들을 베어 죽이고, 자신은 헛간에서 목을 매어 죽었다는 것이다. 이와오는 지요마쓰의 모델이다. 그토록 조용하고 차분한 남자였는데 싶어, 나는 오싹했다.

"나는 그를 저주한 적이 없어. 미워하지 않아."

나는 소설에서 그가 병으로 죽었다고 썼을 뿐이다.

그 후 마을에 돌아가 들어보니,

"지요짱만 칼을 손에 쥐었기 때문에 살아남았어요. 손가락 네 개가 후드득 떨어졌어요."

1, 2년 후 나는 새로운 소녀와 사랑을 했다. 그녀는 사야마 지요코. 그런데 그녀와 결혼 약속을 하고 두 달 남짓 사이에 불길한 천재지변이 잇달아 나타났다. 결혼하자고 말하러 갈 때 내가 탄 기차가 사람을 치어 죽였다. 그전에 그녀와 만난 나가라가와長良川 강변 여관이 폭풍우로 2층이 휩

쏠려 휴업 중이었다. "저와 동갑에다 저하고 비슷한 처지의 아가씨가 얼마 전 여기서 뛰어내려 죽었어요" 하고 지요코는 나가라 다리의 난간에서 강을 들여다보았다. 돌아오는 길에는, 독약에 가까운 수면제 때문에 나는 도쿄 역의 돌계단에서 굴러떨어졌다. 그녀 아버지의 승낙을 얻으러 도호쿠東北 시내로 갔더니, 그 시내가 생긴 이래 장티푸스가 무섭도록 유행하여 소학교는 휴업 중이었다. 우에노上野 역에 돌아오자, 하라 다카시原敬*가 도쿄 역에서 암살당했다는 호외가 나왔다. 하라 다카시의 부인이 태어난 고향은 지요코의 아버지 동네다.

"우리 집 앞 우산 가게 아가씨가 가게의 젊은 남자와 서로 사랑했는데, 한 달 전쯤 그 남자가 죽고 나서부터 아가씨가 점점 남자의 말투를 흉내 내더니 미치광이가 되어 어제 죽었습니다" 하고 지요코가 편지를 보내왔다. 기후岐阜 시 중학생 여섯 명과 여학생 여섯 명이 떼를 이루어 유례없는 사랑의 도피를 벌였다. 그녀를 맞이하려고 빌린 방으로 이사해 갔더니 집주인이 석간신문을 보여주었는데, 요코하마 우치와초의 지요코가 히노에우마丙午** 출생을 비관해 자살

* 일본의 정치가(1856~1921).
** 병오년. 이 해에는 화재가 많고, 이 해에 태어난 여자는 남편의 수명을 단축시킨다는 미신이 있다.

하고, 스가모巣鴨에서 지요타로가 자살했다. 내 방의 도코노마*에 장식해둔 일본도를 번쩍 뽑아보고, 나는 후드득 떨어진 이와오 딸의 손가락을 떠올렸다. 기후에 60년 만의 폭설이 내렸다. 그리고 그리고 ― .

이런 일이 거듭되면 거듭될수록 나의 사랑은 격렬해졌지만 지요코는 도망가고 말았다.

하지만 그녀가 도쿄에 와서 카페에 나가자, 그곳은 카페를 휩쓸고 다니던 폭력단의 칼부림 사태가 벌어지는 중심이 되고 말았다. 나는 그 카페를 오가며, 칼에 베어 피를 흘리거나 내동댕이쳐져 뼈가 부러지거나 목이 졸려 기절하는 사람들을 태연히 바라보았다. 지요코는 멍하니 서 있었다. 그러고 나서 그녀는 두 번, 세 번이나 내 눈에서 모습을 감추었고, 다시 신기하게도 두 번, 세 번이나 거처가 알려졌다.

2, 3년 후 대지진 때도 도쿄 시의 절반이 화염의 해일에 휩싸여 있는 걸 보고는 제일 먼저 "아아, 지요는 어디로 도망갔나?" 하면서 물통과 비스킷이 든 종이 가방을 들고 황폐한 거리를 1주일이나 걷다가 혼고本郷 구청의 문에 "사야마 지요! 시외 요도바시 가시와기 371번지 이노우에 씨 댁

* 다다미방 정면에 바닥을 한 층 높여 만들어놓은 곳. 벽에는 족자를 걸고, 바닥에는 도자기나 꽃병 등을 장식한다.

처녀작의 재앙　　219

으로 와. 가토加藤"라고 적힌 벽보를 발견하고는, 찌르르 다리가 무거워져 그 자리에 웅크려 앉고 말았다.

사야마 지요코가 안 보이게 된 지 올해로 3년째. 가을에서 겨울에 걸쳐 이즈의 산에서 지내고 있는데, 동네 사람이 내게 신붓감을 찾아주겠다는 말을 했다. 도쿄의 분코文光학원 고등부에 재학 중인 재원. 고상하고 평범한 외모. 아름다운 눈. 영리하고 착함. 제지회사 과장의 장녀. 병오년 출생에 스물한 살. 사야마 지요코.

"병오년 사야마 지요코!"

"네. 사야마 지요코."

"그러지요. 그러고말고요."

그리고 2, 3일 후에 도쿄의 친구는 사야마 지요코가 다시 카페에 나타났다고 말했다.

"지요코 바야흐로 스물한 살. 뺨에 살이 오르고 늘씬하여 흡사 아름다운 여왕. 자네, 도시로 나와 다시 한번 그녀와 싸울 용기 없는가."

그러고는 그녀가 하나밖에 없는 나의 단편소설집을 읽고 이렇게 말했다는 둥, 하나밖에 없는 내 시나리오로 만든 영화를 보고 저렇게 말했다는 둥, 나를 실컷 선동한 다음 덧붙였다.

"난 평생 불행해. 그녀가 그러더군."

불행한 건 당연하다. 그녀도 내 처녀작의 재앙을 겪고

있다.

또한 1주일쯤 지나 이 산으로 온 신진 작가는 대뜸 말했다.

"첫사랑을 찾았다는 소문이 들리기에, 당신은 벌써 도쿄로 달려갔을 거라고 생각했습니다."

"그렇게 널리 퍼졌나요?"

나는 어안이 벙벙했으나 이윽고 진지하게 말했다.

"처녀작만은 밝고 행복한 걸로 쓰셔야 합니다. 인간은 그 탄생을 축복받아야 하는 것과 같습니다."

나는 이렇게 말하고 싶었다.

"그 여자 일은 내가 오래전에 처녀작에서 예언해둔 그대로입니다. 처녀작에서 그 여자의 운명을 단단히 묶어둔 셈이지요."

아무튼 처녀작의 재앙 이래 나는 예술 창조의 무서움을 알았다. 내가 작품에서 쓰는 인물의 이름이나 사건, 장소의 선택은, 내가 이 세상에 태어난 것과 마찬가지로 우연인 동시에 필연이다. 내가 얼추 숙명론자 같은 신비주의자가 되었다고 해도, 이건 처녀작의 재앙 탓이라고 여겨주게. 내 붓은 나 자신뿐만 아니라 타인의 운명까지도 지배하는 마력을 지니고 있으니까.

스루가駿河의 따님

"아아, 아, 아, 우리도 고텐바御殿場 언저리였으면! 한 시
간 반인걸."

기차가 고텐바 역에 도착했을 때였습니다. 그 여학생은
양쪽 무릎을 들어 올려 메뚜기처럼 객차 바닥을 치는가 싶
더니 유리창에 뺨을 바싹 붙인 채, 플랫폼에서 앳된 목례를
하는 학교 친구들을 배웅하면서 정말 무료해 죽겠다는 듯
어깨를 내던지다시피 말했습니다.

이 열차는 고텐바 역에서 갑자기 쓸쓸해집니다. 급행열
차가 아닌 보통열차로 긴 여행을 해본 사람은 알 테지요. 오
전 7시나 8시, 오후 2시나 3시가 되면 열차는 꽃다발을 한가
득 싣습니다. 이들 기차 통학을 하는 여학생 무리로 객차 안
은 얼마나 환하고 시끌시끌해지는지요. 또한 이처럼 화사한
시간이 얼마나 짧은지요. 50명의 소녀는 10분 후 다음 역에
서는 이제 한 사람도 남지 않게 되어버립니다. 하지만 나는
기차 여행에서 얼마나 많이 여러 지역 소녀들의 인상을 만
났는지요.

그러나 지금의 나는 긴 여행이 아닙니다. 이즈에서 도쿄로 가는 중입니다. 그 무렵 나는 이즈의 산에 살고 있었습니다. 이즈에서 가자면 미시마三島 역에서 도카이도東海道 선으로 갈아타는데, 내가 탄 기차는 언제나 때마침 이 꽃의 시간이었습니다. 누마즈沼津 여학교 학생과 미시마 여학교 학생들이 탔습니다. 나는 한 달에 한두 번 도쿄에 가니까 1년 반 남짓 사이에 이 소녀들의 얼굴을 스무 명이나 익히게 되었습니다. 중학교로 기차 통학을 하던 무렵의 기분을 떠올렸습니다. 나는 이 소녀들이 대개 몇 번째 객차에 타는지도 알게 되었습니다.

나는 그때도 뒤에서 두번째 차량에 타고 있었습니다. 소녀가 한 시간 반이라고 말한 건 누마즈 역에서 스루가 역까지입니다. 그녀는 스루가의 소녀입니다. 기차로 하코네箱根를 넘은 사람이라면 알 테지요. 스루가는 산과 하천 건너편의 커다란 방적공장 창문이며, 마당에서 여공들이 기차를 향해 하얀 천을 흔드는 동네입니다. 이 소녀는 어쩌면 방적회사 기술자의 따님일 수도 있겠지요. 뒤에서 두번째 객차에 즐겨 탑니다. 그리고 가장 아름답고 쾌활합니다.

한 시간 반 기차. 그것도 갈 때 올 때 두 번씩 매일 그렇다 보니, 그야말로 어린 사슴 같은 몸이 못 배길 만큼 지루할 테지요. 더구나 겨울이면 채 어둠이 깔린 이른 아침 집을 나와 어둑해진 뒤에야 돌아가게 됩니다. 그 기차도 스루가에 도착하는 건 5시 18분입니다. 하지만 제 입장에서는 한 시간 반인들 너무 짧습니다. 그녀가 재잘거리거나 가방에서 교과서를 꺼내거나 뜨개질을 하거나 떨어져 앉은 자리의 친구를 놀리거나 하는 모습을 무심하게 멍하니 바라보고 있기엔 너무 짧습니다. 그리고 고텐바에 도착하면 이제 20분쯤밖에 없습니다.

나도 그녀와 마찬가지로 비 내리는 플랫폼을 걸어가는 여학생들을 배웅했습니다. 12월이니까 벌써 어스레한 전등이 반들반들 젖어 있었습니다. 저 멀리 거뭇한 산에 산불의 불꽃이 선명하게 떠올랐습니다.

소녀는 그때까지의 쾌활함과는 영 딴판으로 진지하게 친구와 소곤소곤 이야기를 시작했습니다. 내년 3월에 졸업합니다. 그리고 도쿄의 여자대학에 입학하는 모양입니다. 그런 의논입니다.

스루가에 도착했습니다. 여기서 여학생은 이제 한 사람도 남지 않게 됩니다. 내가 얼굴을 갖다 대고 그녀를 배웅한 유리창까지 세찬 빗줄기가 들이칩니다. 소녀가 객차를 나가자마자 "아가씨!" 소리치며 달려와, 거칠게 껴안은 처녀가 있지 않겠어요?

"어머!"

"기다렸어요. 난 2시 기차로 갈 수 있었는데, 아가씨를 만나고 가고 싶어서……"

그러고 나서 두 소녀는 박쥐우산 하나에 비를 잊고 뺨을 거의 맞대다시피 서둘러 이야기를 나누었습니다. 출발 호각이 울립니다. 처녀는 허둥지둥 열차에 뛰어올라 창문으로 고개를 내밀었습니다.

"내가 도쿄에 가면 만날 수 있지? 학교 기숙사로 와줘."

"난 갈 수 없어요."

"어머, 어째서?"

두 사람은 제각기 슬픈 표정을 지었습니다. 처녀는 방적회사의 여공인가 봅니다. 회사를 그만두고 도쿄로 갈 텐데, 이 여학생을 만나기 위해 정거장에서 세 시간을 족히 기다린 것입니다.

"도쿄에서 만나."

"네."

"안녕."

"안녕."

여공의 어깨는 비에 흠뻑 젖어 있었습니다. 여학생의 어깨도 그러했겠지요.

신神의 뼈

어느 교외 전차회사의 전무이사인 가사하라 세이치 씨, 시대극 영화배우 다카무라 도키주로, P사립대학 의대생 쓰지이 모리오 군, 광둥 요리점 주인 사쿠마 벤지 씨 외 한 명은 커피숍 '청로青鷺'의 여급인 유미코로부터 똑같은 내용의 편지를 받았다.

뼈를 보내드립니다. 신의 뼈입니다. 아기는 하루 반나절을 살았습니다. 태어났을 때부터 기운이 없고, 간호사가 발을 잡고 거꾸로 흔드는 걸 나는 멍하니 지켜봤습니다. 그제야 겨우 울음을 터뜨리더군요. 어제 낮 하품을 두어 번 하고 죽었다더군요. 그런데 바로 옆 침대의 아기는 글쎄 칠삭둥이였는데, 엄마 배 속에서 나와 대뜸 스르르 오줌을 싸더니 그만 마지막이 되고 말았어요.

아기는 어느 누구도 닮지 않았더군요. 저를 닮은 구석도 전혀 없었습니다. 어여쁜 인형을 쏙 빼닮아, 세상에서 가장 귀여운 아기의 얼굴을 상상해주시면 좋겠어요. 그런 만

큼 어떤 특징이나 결점도 없고, 불룩하게 처진 뺨과 죽은 후
에 옅은 피가 배어 나온 채 꽉 다문 입술, 그 외엔 저도 생각
나는 게 없는 걸요. 간호사들도 너무너무 귀엽고 살결 뽀얀
아기라며 칭찬해주었습니다.

살아 있어도 몸이 허약해 어차피 불행한 아이라면, 젖
도 못 먹고 웃을 줄도 모르기 전에 죽어주는 게 차라리 낫다
고 생각하지만, 그 어느 누구도 닮지 않고 태어난 아기가 저
는 애처로워서 울어버렸어요. 아이 마음에도, 아니 태아 마
음에도 이 아기는 그 어느 누구도 닮아서는 안 된다는 그런
아픈 마음가짐으로 이 세상에 온 게 아닐까요. 또한 얼굴이
그 어느 누군가를 닮게 되기 전에 죽어야만 한다는 생각으
로 이 세상을 떠난 게 아닐까요.

당신은, 아니 당신들이라고 분명히 불러도 상관없을 테
지요. 당신들은 지금까지 하물며 내게 100명, 1,000명의 남
자가 있건, 그런 것쯤 거리의 나무 벽돌 숫자나 다름없이 시
치미 뚝 떼고 계시다가 막상 아이가 생기고 보니 글쎄 어
찌나 야단법석을 떨어대시던지. 어느 누구 할 것 없이 여자
의 비밀을 들여다보는 큼직한 남자용 현미경을 둘러메고 와
서는 —.

하긴 옛날이야기이긴 하지만, 하쿠인白隱 스님은 바람
난 처녀의 갓난아기를 내 아기라오 하면서 품에 안아주셨
다지요. 내 아기도 신이 도와주신 거예요. 배 속에서 누구를

닮는 게 좋을지 슬픈 생각에 잠긴 태아에게 신이 말씀하셨지요. "사랑스러운 아가, 너는 나를 닮아 신의 모습으로 태어나라. 너는 사람의 아들이라."

그러니까 아기가 어느 분을 닮았으면 좋겠다고 내가 생각했는지에 대해서는, 가엾은 아이의 마음 씀씀이를 헤아려서도 말할 수 없어요. 그래서 뼈를 당신들에게 나눠드린 거예요.

전무이사는 하얀 종이에 싸인 작은 꾸러미를 재빨리 주머니에 감추고, 자동차 안에서 슬며시 펴 보았다. 회사에서 아름다운 타이피스트를 불러들이고는, 막 담배를 한 모금 피우려고 주머니에서 해피 히트 종이갑과 함께 뼈를 집어 꺼냈다. 요리점 주인은 뼈 냄새를 킁킁 맡으며 금고를 열어, 은행에 맡길 어제의 매상과 하얀 종이 꾸러미를 바꿔 넣었다. 의대생은 전차가 흔들리면서 하얀 라일락 같은 여학생의 단단한 허리에 주머니 속 아기의 뼈가 부서지자, 이 여학생을 아내로 삼아야겠다는 활기찬 마음이 꿈틀거렸다. 영화배우는 피쉬 스킨*과 사치린**을 넣은 비밀 주머니에 뼈를 감추고 촬영하러 뛰어나갔다.

* fish skin. 콘돔을 의미하는 속어.
** 쵀음제.

그리고 한 달 후 가사하라 세이치 씨가 '청로'에 와서 유미코에게 말했다.

"그 뼈는 절의 납골당에라도 모셔야 하지 않겠나. 당신은 어째서 갖고 있지?"

"어머, 저 말예요? 전 여러분께 남김없이 다 나눠드린 걸요. 갖고 있을 리가 없잖아요."

야시장의 미소

　나는 걸음을 우뚝 멈췄다. 우에노의 널찍한 한길, 밤에 정해진 시간이 되면 문이 닫히는 박품관博品館 문이 굳게 닫히고 나서 두 시간 남짓 지났을까. 그 문에 등을 돌린 불꽃 가게와 안경 가게 노점 앞에서 나는 걸음을 멈추었다. 해거름부터 밤에 걸친 혼잡한 모습을 본 눈에는 박품관과 노점 사이를 지나다니다 길 한가운데를 인도로 걷는 것이 사뭇 거리낄 정도로 널찍하니 느껴진다. 늦은 귀가를 서두르는 사람 그림자가 하나씩 지날 때마다 물 뿌린 흙빛은 한층 검게 가라앉고, 내버려진 휴지는 한층 하얗게 떠오르는 한밤중이다. 밤 가게를 접은 자동차 한 대가 지나간다. 불꽃 가게에는 포장이 없는 선향불꽃, 알록달록한 종이 봉지에 든 모란, 꽃수레, 지뢰, 알록달록한 종이 상자에 든 눈雪과 달과 꽃, 삼색 솔잎 등이 불그레하게 진열되어 있다. 안경 가게에는 돋보기, 근시 안경, 색안경, 도수 없는 도금 안경이 있는가 하면, 금·은·적동·쇠·대모갑 테, 쌍안경, 먼지막이, 잠수 안경, 확대경 등이 진열되어 있다. 하지만 나는 불꽃이나 안경을 보고 있는 게 아니다.

불꽃 가게와 안경 가게는 1미터쯤 떨어져 있다. 그리고 내놓은 물건 앞에 늘어서는 손님도 거의 없어진 가게를 버리고, 불꽃 가게 사람과 안경 가게 사람이 그 1미터 사이에 서로 다가가 웅크리고 앉아 있다. 아니, 안경 가게가 3분의 2를 다가갔다면 불꽃 가게가 3분의 1가량 다가간 걸로 보이는 건, 불꽃 가게 처녀는 가게를 지키면서 앉던 의자를 몸과 함께 움직여 왔는데도 안경 가게 남자는 의자를 미련 없이 가게에 그대로 내버려 두고 온 걸 봐서도 알 수 있다.

남자는 발뒤꿈치를 들어 올려 발끝으로 몸을 지탱한 채 두 다리를 벌리고, 앞으로 숙인 상체의 무게를 실은 왼쪽 팔꿈치로 왼쪽 무릎을 꾹 누르고 있다. 그리고 짧은 대나무 봇쿠리*를 쥔 오른손을 두 발 사이에 축 늘어뜨린 채, 검은 땅바닥에 열심히 글자를 쓰고 있다.

처녀는 남자가 쓰는 글자를 열심히 글자 머리부터 보며 읽고 있다. 앉은 의자가 낮고, 신고 있는 게다에 굽이 달린 탓에 발을 똑바로 세워 무릎을 조금 벌려 그 사이로 앞치마를 늘어뜨린 채, 무릎에 좁다란 가슴의 자그마한 유방을 꾹 누르고 있는 듯 여겨질 정도로 상반신을 기울이고, 두 손은

* 짧게 자른 대통에 발을 올려 적당한 길이로 조절한 줄을 잡고 노는 아이들의 놀이 기구.

무릎 바깥으로 둘러 발등에 동그란 손바닥을 똑바로 살짝 올리고 있다. 거친 무늬의 유카타는 약간 땀이 배였고, 모모 와레는 조금 풀어졌다. 그리고 조금 벌린 양쪽 무릎에 유방을 실은 탓에, 목덜미에서는 깃이 살갗에 붙어 있으나 가슴은 살짝 벌어져 있으리라.

이러한 두 사람의 모습과 대나무 봇쿠리가 움직이는 땅바닥을 바라보다 나는 멈춰 섰던 것이다. 글자 모양은 힐끗 보아 베껴 쓸 수 있어도 대나무 봇쿠리가 쓰는 글자는 읽어낼 턱이 없다. 안경 가게는 결코 한 번 쓴 글자를 지우는 법 없이 앞서 쓴 글자 위에 포개어 거듭 계속 써나간다. 그럼에도 불꽃 가게는 글자를 읽을 수 있으리라. 무언가 땅바닥에 의미가 그려지면 양쪽에서 얼떨결에 절로 언뜻 얼굴을 들어 가볍게 마주 본다. 그러나 애써 미소를 주고받는다거나 눈과 입으로 무얼 말하지 않는 사이에 처녀는 땅바닥으로 시선을 던지고 남자는 글자를 쓰기 시작한다. 불꽃 가게 처녀는 가난한 서민 출신에 허리도 손가락도 가느다란데, 키가 나이보다 먼저 쑥쑥 자라듯 행복하게 성장해온 모습이다.

남자가 새로운 글자를 서너 자 쓰자, 느닷없이 처녀가 몸을 일으켜 발등에 올리고 있던 왼손을 불쑥 내뻗어 남자가 손에 쥔 붓을 빼앗으려고 했다. 남자는 재빨리 손을 피했다. 눈을 마주쳤다. 하지만 양쪽 다 아무 말이 없고, 새로운 표정을 얼굴에 드러내지도 않으니 묘하다. 처녀는 내뻗은 손을 순순히 발등으로 가져왔다. 남자는 손을 피할 때 들어 올렸던 발뒤꿈치를 내려놓았지만 또다시 들어 올리지는 않고 한층 두 다리를 벌려 다시 새로운 글자를 쓰려고 했다. 이번엔 글자가 채 완성이 되기도 전에 처녀는 번개처럼 왼손을 내뻗었다. 하지만 피하는 남자 손이 한결 빠르다. 불꽃 가게 처녀는 단념하고 순순히 손을 거두기는 했지만 발등으로 거두는 아주 짧은 틈에 문득 얼굴을 비스듬히 들어 올렸다가 전혀 예기치 않은 나의 시선과 맞닥뜨리고는, 얼결에 자기도 모르게 살짝 미소를 지어 보였다. 나도 엉겁결에 무심코 살짝 미소를 지어 보였다.

불꽃 가게 처녀의 그 미소는 내 마음을 오가는 미소다. 두 사람의 모습과 동작을 바라보는 내 마음에 깃들어 있던 미소가 고스란히 처녀에게 이끌려 얼굴에 떠오른 것이다. 무심의 미소다.

남자도 처녀의 시선에 덩달아 나를 봤다. 히죽 웃으며 교활한 낯을 보이고는 곧바로 표정이 굳어졌다. 나는 그만 흥이 깨지고 말았다. 그러자 처녀도 잠깐 얼굴을 붉히고 머리를 매만지듯 왼손을 모모와레 위로 올렸다. 그 팔소매에 얼굴이 가려졌다. 이런 장면들은 처녀가 두번째로 남자의 손에서 대나무 봇쿠리를 빼앗으려고 손을 내뻗고 나서 거의 한순간 일어났다. 나는 안경 가게로부터 던져지는 악의에 가볍게 반발하면서 남의 비밀을 훔친 쑥스러움에 발길을 돌렸다.

　안경 가게 씨! 당신이 언짢게 여긴 것도 그럴 만해. 당
신은 모를 테지만 그리고 불꽃 가게 처녀가 얼굴을 붉히며
소맷자락으로 가린 건 당신 때문일 테지만, 당신은 야시장
에 반짝 피어난 미소 하나를 내게 도둑맞았네. 물론 당신들
은 얼굴을 마주 보고도 거의 무표정일 만큼 열심히 글자를
쓰고 있었으니까 처녀의 미소는 당신을 향한 것이었을 테
고, 내가 지켜보고 있지만 않았다면 처녀에게 처녀와 똑같
은 미소를 되돌려주었을 테지. 하지만 남의 눈과 불꽃 가게
의 아버지나 오빠가 처녀를 마중하러 오기까지 아주 잠깐을
벌고 있었다고 해도 그 순간에 먼저 처녀처럼 무심히 미소
짓고, 그러고 나서 히죽 웃는 교활한 낯이건 딱딱한 표정이
건 보여줄 수는 없었는가. 당신의 장사를 들어 말하건대, 당
신 마음의 안경은 조금 부예졌거나 뒤틀려 있다네. 하지만
내일 밤도 모레 밤도 있지. 수천, 수억의 글자를 써서 땅 밑
바닥까지 파고 또 파고 있기를.

　그리고 불꽃 가게 씨! 왼손잡이 처녀여! 당신은 괜찮긴
한데, 안경 가게가 대나무 봇쿠리로 수천, 수억의 글자를 써
서 파 내려갈 우물 바닥을 그렇게 열심히 지켜보다간 어질
어질 현기증을 일으켜 우물 안으로 떨어질까 걱정이로군.
떨어지는 게 좋은지, 떨어지지 않으려고 조심하는 게 좋은
지 그런 걸 내가 알 턱이 있나. 그렇다면 마중 나온 아버지

나 오빠가 덜컹덜컹 끌고 갈 수레 뒤를 따라 고요하게 잠든 거리를 안경 가게를 생각하며 터덕터덕 돌아가는 것도 좋겠지만, 차라리 큰맘 먹고 당신 가게에 진열되어 있는 모란, 꽃수레, 지뢰, 눈·달·꽃, 삼색 솔잎 같은 불꽃에 죄다 불을 붙이고 쓸쓸해진 밤거리에 아름다운 불꽃을 피워 불의 나라로 만들어보면 어떨까? 그렇게 되면 뜻밖에 안경 가게 따윈 화들짝 기절초풍을 하고 냅다 뛰어나가 도망칠지도 몰라.

부인의 탐정

전차의 창문으로 신록이 향긋했다. 손잡이에 매달려 부인은 에취, 에취, 연거푸 재채기를 했다. 발은 대담무쌍한 팔자걸음 자세를 갖추고 — 아무리 봐도 자세를 갖추고 있었다. 오렌지색 양산 끈에 팔을 끼운 채 손잡이를 잡고 있는 터라 팔뚝까지 소매가 척 감겨 올라간 건 물론이다. 어지간히 성가시다는 듯 한쪽 손으로 덥석 잡아당겨 묶었을 머리 모양에다 목덜미가 파릇하니 깎여져 있어, 그녀는 뒤통수에도 냉소하는 눈을 가진 셈이 되었다. 하오리*는 진한 쪽빛 바탕에 자줏빛 감색의 단순한 세로줄 무늬다. 그마저 제대로 접어 보관이 안 된 듯싶다. 그리고 몸을 양산이 있는 쪽으로 구부정하니 기울여 정말이지 허리뼈 모서리가 하오리 바깥으로 툭 불거져 있다 보니, 그 불룩한 돌출을 주먹으로 탁 두들겨줘야 하지 않겠는가.

이런 모양새로 부인은 그저 시늉으로만 코끝으로 주먹

* 일본 옷 위에 입는 짧은 겉옷.

236

을 가져가며 재채기를 한다. 게다가 아아, 하고 하품을 한다. 아사다는 웃음이 나왔다. 부인은 5월 오후 3시의 침대에 벌렁 드러누운 자세로 전차를 탄 모양이다. 전차 창문의 신록을 침대 창문의 신록이라 착각한 것이리라. 5월이다. 부인의 몸은 축 늘어져 있지만, 역시나 몸 안에 5월의 싱그러운 바람이 불고 있다.

아사다는 부인의 파릇한 목덜미 눈眼에 냉소당하며 말쑥한 대학 교복 차림으로 반대쪽에 앉아 있다. 저이가 선배 안도 씨의 부인이라는 건 알고 있지만, 상대는 이쪽의 얼굴을 기억하지 못할 테고 더욱이 자리를 양보하려는데 어떤 엉뚱한 말을 꺼내 그의 낯을 붉히게 만들지 알 수 없다.

다음 역에서 부인은 아사다를 마주 보고 앉았다. 그는 단박에 인사를 건네려고 했으나, 부인은 동그란 눈을 유별스레 빙글빙글 굴리고는 있어도 사실 아무것도 보지 않는 듯하다. 그리고 이번엔 짧은 양산을 무릎에 올리고 마치 아이들 장난감 총처럼 가볍게 어깨에 멨다. 그러고는 주위에 아랑곳없이 입을 활짝 벌려 하품했다. 부인의 입술이 특별히 부드러운 건지, 깜짝 놀랄 만큼 아주 똥그랗게 벌어졌다. 아름다운 치아를 보이기 위해서일지도 모른다고 여겨질 정도로 아름다운 치열이었다. 하지만 부인은 여전히 개의치 않고, 깜빡깜빡 소리가 날 듯 계속 눈을 깜빡이다 눈물이 고인 눈알을 눈꺼풀로 닦고 나서 빙글빙글 장난스럽게 움직였다.

아사다는 정말 웃음이 터질 것 같았다. 이렇듯 놀람과 두려움을 잊어버린 듯한 부인을 어떡해서든 깜짝 놀라게 해주고 싶다. 그래서 그는 정거장을 나오자 성큼성큼 그녀를 뒤따라갔다.

"안도 씨 아니신가요? 아사다입니다."

"네에."

"방금 전차 안에서……"

"같이 있었어요? 전혀 몰라 봬서 실례했습니다."

"아닙니다, 저야말로. 언젠가 안도 선배와 함께 계신 걸 긴자에서 잠깐 뵈었을 뿐이지만, 저는 곧장 생각났습니다."

"어머, 그러시군요."

"그런데 참으로 신기합니다. 부인은 안도 선배의 동생 신키치 군을 쏙 빼닮으셨어요."

"네?"

옳지! 깜짝 놀랐으려니 싶어 아사다는 회심의 미소를 지었다.

"사모님은 점점 신키치 군을 닮아가는군요."

"그런데 저는 남편에게 남동생이 있다는 얘길 듣기는 했어도 만난 적이 없는 걸요. 이처럼 묘한 일이 또 있을까요? 당신은 요즘 시동생을 만나시나요?"

"네, 가끔."

애당초 엉터리다. 그는 신키치를 3, 4년 만난 적이 없다.

안도 씨 서재의 테이블 위에는 라일락꽃이 하얀 공작새 꼬리처럼 사치스러웠다. 붙박이식 책장은 얼핏 옷장 같은 느낌이었다. 그 문에 조가비 단풍잎이 흩어져 있는데, 이건 신기하게도 고상한 일본풍이었다. 마당은 타오르는 듯 진홍빛 철쭉뿐이다.

부인은 아까와 똑같은 차림 그대로 홍차를 가져와, 아까 지었던 아사다의 미소를 자신의 뺨에 빼앗아버렸다.

"아사다 씨가 말예요, 내 얼굴이 점점 신키치 씨를 닮아간다는군요."

"뭐라고?"

안도 씨는 라일락꽃보다 창백해졌다. 부인은 모른 체하고 나가버렸다. 아사다는 이마에 안도 씨의 따가운 시선을 느꼈다.

그다음에 방문했을 때는 안도 씨 서재의 테이블 위에 장미 한 송이뿐이었다. 노란 꽃이었다. 마당의 철쭉은 악마의 피처럼 썩어 있었다.

안도 씨가 나간 틈에 부인이 들어왔다.

"아사다 씨, 당신은 엄청난 말씀을 하셨어요. 그날 이후로 집 안은 폭풍 전 고요랍니다."

"폭풍?"

"그래요."

"폭풍이라니 우습군요."

"우습다면 당신은 멍청이에요."

"하지만 ─ 그건 내가 그냥 아무렇게나 지껄인 엉터리입니다."

"거짓말이죠?"

"거짓말이라니. ─ 사모님이 그때 전차에서 너무나 냉담하게 처신하는 듯해, 한번 깜짝 놀라게 해주자 싶어서……"

"얼버무리면 안 돼요. 남편이 당신의 말을 믿는 모양이니까 나는 믿지 않을 수 없잖아요? 나는 신키치 씨의 얼굴을 모르잖아요. 아참, 요전에 오셨을 때 여기……" 하고 부인은 개양귀비꽃 그림을 가리켰다.

"아버님 초상화가 걸려 있었죠? 당신이 돌아가고 나서 곧장 남편은 그 초상화를 떼버렸답니다. 자신보다 동생이 더 아버지를 닮았다고 언젠가 남편이 말한 적이 있어요. 나중에 건 풍경화는 바다가 보이는 집의 정원인데, 화원 가운데 하얀 벤치가 있었어요. 그 그림을 보고 있으면 전 어쩐지 이 정원을 본 적이 있고, 이 벤치에 앉은 적이 있는 듯한 느낌을 갖게 되었어요. 어쩌면 신키치 씨의 집 정원이 아닐까요? 이건 제 공상이에요. 당신에게 그 그림을 보여드리고 싶었죠. 신키치 씨의 정원에는 잔디로 둘러친 화원이 있고, 뭔지 알 수 없지만 키 작은 빨간 꽃이 가득 피어 있지 않아요? — 저의 그런 기분을 눈치챘는지 이번엔 개양귀비 그림으로 바꾸더군요. 이렇게 되면 저는 저대로 또 신키치 씨 집에 개양귀비가 피어 있다고 여기게 돼요."

"집은커녕 나는 신키치 군을 벌써 4년이나 만나지 않았습니다. 저의 엉터리 말에서 그렇게 되다니, 그건 인생의 권태에 피어나는 망상입니다. 좀더 기분을 새로이……"

"아니에요, 새로운 신비예요."

아사다는 신키치의 고등학교 친구였다. 신키치는 그의 집에서 맡아 돌보던 시골 친척의 딸과 결혼하더니 집을 나가버렸다. 그 처녀가 형인 안도 씨의 약혼자가 아니었던 것만은 분명하다. 그 밖에 무슨 일이 있었는지, 아사다는 알지 못한다.

가을이 청명한데 아사다의 어머니는 신경질적으로 마당만 쓸고 있었다. 전등에서 늙은 나방의 날개 가루가 떨어졌다. 도코노마의 싸리꽃은 버려야겠다고 생각하던 참에, 참으로 뜻밖에 부인이 보모를 데리고 찾아왔다.

그의 방에서 부인은 보모에게서 갓난아기를 받아 안았다. 하얀 비단에 감싸여 자고 있었다.

"아사다 씨, 이 아기를 보세요. 제 아이예요. 신키치 씨를 닮았는지 어떤지 봐주세요."

"뭐라고요?"

그는 움찔 놀라 부인의 얼굴을 보았다. 뺨이 헬쑥해졌지만 되레 혈색이 좋고, 눈가의 피부가 살짝 푸석하다. 시선은 무릎의 갓난아기에게 쏠려 있다.

"저를 보지 마세요. 이 아기를 봐주세요."

"사모님, 저는 신키치 군을 오래 만나지 않았고……"

"여전히 그런 속임수를……"

"말도 안 돼."

"폭풍이라니까요. 저는 갓 태어난 아기와 함께 집에서 쫓겨났어요. 남편은 제가 신키치 씨를 몰래 만났고, 신키치 씨의 아이를 낳았다고 생각해요. 저는 신키치 씨를 본 적조차 없는데도. 하지만 남편 말이 맞는다는 느낌도 들어요. 정말로 이 아기는 신키치 씨를 닮았겠지요. 저는 신키치 씨를 사랑하는 걸까요?"

"전혀 닮지 않았어요. 당신이 신키치 씨와 함께 산다면 닮을 수도 있다고 생각합니다만."

"이제 상식적인 거짓말은 그만해요." 말하자마자 부인은 눈을 크게 뜨고 대뜸 그에게 다가왔다. 그 바람에 갓난아기가 잠에서 깨어 요란하게 울어댔다.

"아아, 그래그래." 부인은 아기를 흔들며 느닷없이 눈물을 뚝뚝 흘렸다.

"엄마가 진짜 아빠를 찾아줄게. 엄마와 같이 아빠 탐정에 나서자꾸나. ─ 아사다 씨, 함께 손을 잡아도 좋으니 신키치 씨가 있는 곳으로 데려가주세요. 어서 가주세요."

부인의 흐트러짐 없는 시선에 그는 어떤 시절의 신키치를 떠올렸다. 아이도 부인도 그 신키치를 닮았음을 비로소 알 수 있었다.

가도마쓰*를 태우다

아직 정월 마쓰노우치**이건만 아타미熱海에는 마치 초
여름 같은 날이 이틀 이어졌다. '철모르고 핀 매화'라는 제
목으로 도쿄 공원의 매화꽃 사진이 신문에 나 있었다. 도쿄
도 따뜻했던 모양이다. 그런 탓에 되레 나는 감기에 걸렸다.
따뜻한 이틀이 지나 밖으로 나갔더니 오한이 등줄기에 스
몄다.

13일도 저녁 무렵부터 이부자리에 들었다가 그대로 잠
들고 말았다. 잠에서 깨어 저녁 식사를 하고 나니 밤 10시를
지났다. 그러고 나서 오카요를 상대로 바둑을 두었다. 내 몸
에 미열이 있어선지 상대가 잘못 짚은 바둑 수가 하나하나
신경에 거슬려 도리가 없다.

"이렇게 멍청한 녀석을 봤나. 그런 머리로 공부를 하려

---

* 새해에 문 앞에 장식으로 세우는 소나무.
** 정초에 가도마쓰를 세워두는 기간. 1일에서 7일까지, 옛날에는 15일까
지였다.

들다니 대단해."

오카요는 흥이 깨진 얼굴로 입을 다물고 말았다. ── 그 녀는 여학교를 나오지 않았다. 그래서 우선 여학교 정도의 학문을 하고 싶다는 희망을 갖고 있었다. 바둑이 약하다고 해서 그 희망을 대놓고 산산조각 내는 건 분명 화가 치밀 터 였다.

잠자코 있는 사이 기분이 풀려, 오카요가 그만 자자고 말을 꺼냈을 때는 2시에 가까웠다. 온천에 들어가 있자니,

"거봐, 거봐. 가만히 계세요. 또 왔어요." 탕 안에 몸을 움츠린 채 무서워했다. 지붕 위에서 소리가 난다.

"거봐."

그 말에 나도 가만히 숨을 죽였지만 별일 아닌 듯하다.

"이제 그만 이런 집은 이달 안으로 바꿔요."

"아아, 바꾸지."

얼마 전처럼 도둑이 다시 부엌 천장의 채광창을 노리고 오는 거라면 바로 욕실 위의 지붕을 삐꺽삐꺽 걷고 있는 셈 인데, 그런 일이 1주일에 두 번, 세 번이나 있어서야 참기 힘 들다. 요전의 그 좀도둑이 거듭 찾아올 용기가 있을 것 같지 는 않고, 또한 다른 도둑이 동일한 집을 노릴 것 같지도 않 다. 하지만 얼마 전부터 오카요는 밤이 되면 부엌에 가는 것 조차 무서워한다. 게다가 나까지도 밤이 깊어지면 집 여기 저기서 나무 울리는 소리가 귀에서 떠나지 않는다.

내 집에 도둑이 들 거라고는 태어나 한 번도 상상한 적이 없건만 막상 도둑맞고 보니 이번엔 시종 목표물이 된 것 같은 느낌이다. '사람을 보거든 도둑이라 생각해'라고 하지만 오카요는 거의 이와 비슷한 기분이 된 모양이다. 시내를 걷다가 내가 어딘가의 어린 녀석 얼굴을 보고 있으면 웃으면서이긴 해도 자주,

"저 사람 아닐까요?" 하고 묻는다.

2, 3일 전 날씨가 거칠어질 낌새이던 밤에 활동사진을 보러 갔더니, 내 옆에 앉아 있는 녀석이 요 전날 밤의 도둑을 꼭 빼닮았다. 어두컴컴한 데서 보는 옆얼굴은 기분 탓이 아니라 실제로 아주 닮았다.

"참으로 기이한 만남이로군." 나는 운명의 장난 같은 걸 느끼며 웃지 않을 수 없었다. ─ 그런데 환해졌을 때 보니 중학교 교복을 입고 손이 무척 고왔다. 그 녀석의 손은 이렇게 아름답지 않았던 것 같다.

어쨌거나 이러한 일들이 있을 정도이니, 나도 오카요가 무서워하는 걸 웃어넘길 수 없었다.

2층 잠자리에 들고 나서도 오카요는,

"좀더 일어나 있자고요"라고 했다. 10시까지 잤으니까 나는 어차피 잘 수 없다.

"거봐, 저 소리, 저 소리. 온 게 아닐까요?"

정말로 지붕이 울린다. 살금살금 사람이 걷는 소리라고

들으면 들린다. 오카요는 꾸벅꾸벅 잠들었나 싶으면 가위눌려 잠에서 깨어,

"방금 누군가 들어와 머리맡에 서 있었어요. 난 머리가 찌릿찌릿 옴짝달싹도 못 한 채 ─" 이런 말을 했다.

"이봐." 잠시 후 이번엔 내가 오카요를 흔들어 깨웠다.

"이봐, 저 소리는 뭐지? 고, 고, 고 ─ 울리잖아?"

"저 소리는 아까부터 들렸어요."

"현관 옆 격자문을 톱질하고 있는데?"

"네."

톱으로 나무를 켜는 소리로 들렸다. ─ 나는 일어나 덧문에 달린 들창을 열어보았다. 마당에는 사람 그림자가 없다. 건너편 여관 뒤쪽 유리문 안이 보이는데, 그곳 마루방에서 새끼 쥐 서너 마리가 뛰어 돌아다니며 장난치고 있었다. 톱 소리라고 여겼던 것은 먼 데서 치는 북소리였다.

"북소리야." 침상으로 돌아와 자려는데 그 북소리가 드높아졌다. 시내를 난타하며 돌아다니는 듯 가까워졌다.

"이상하군. 불이 났나?"

"글쎄요."

"화재라면 경종이 울릴 텐데. 도둑일까? 도둑을 잡으려고 북으로 온 동네를 깨우는 걸까?"

북은 한 개나 두 개 정도가 아니라 난타와 뒤섞여 와아! 와아! 하는 군중의 외침 소리가 들린다.

"산불인가? ─ 폭동인가? ─ 도쿄에 큰불이 났나? ─
아타미에 적이 쳐들어 왔나?"

총소리 비슷한 것까지 북과 외침 소리에 섞여 들렸다.
동네 사람들에게 포위된 적이 총을 쏘는 건가.

"보러 갔다 올까?"

"그만두세요."

"무슨 일이지?"

"무슨 행사가 아닐까요? 축제 같은."

그러고 보니 가마를 메고 돌아다니고 있는 소리 같기도
하다.

"축제라고 해도 저렇게 온 동네를 깨우고 돌아다니다니
이상하군."

"난파선일까요?"

"바람도 없는 이런 밤에?"

"그러네요."

"온천이 터진 걸까?"

나는 다시 일어나 바깥을 내다보았다. 오른쪽 언덕에
불과 연기가 피어오르고 있었다.

"불을 피우고 있어."

"그럼 역시나 난파선이군요."

"그렇다면 해안에서 피울 텐데."

뭔지 알 수 없지만 북소리에 우리는 들뜨기 시작했다.

"이제 무섭지 않지? 저렇듯 일어나 다들 시끌벅적하니까."

"네." 오카요의 목소리도 밝아졌다.

잠시 후 오카요가 무심히 말을 꺼냈다.

"헤어질까요?"

"그것도 괜찮아. 헤어져 어떡할 건데?"

"여동생하고 집을 빌려 여동생을 학교에 보내고, 저도 야학에 다닐 거예요. 낮엔 어디에서 일을 하고. 그 대신 매달 돈을 안 주시면 싫어요."

"얼마?"

"70엔이면 돼요."

"하지만 여학교를 나와서 어떡할 건데? 여학교를 나온 것만으론 소용없을 텐데."

"더 공부할 거예요."

"뭘?"

"역사와 국어."

"흐음. 그래서 여학교 선생님이 될 건가?"

"미워요."

그러고 나서 70엔으로 오카요와 여동생이 살아갈 수 있을지 어떨지를 둘이서 꼼꼼히 계산을 시작했다. ── 마치 옛이야기라도 쓰는 듯한 기분으로,

"그러면 당신은 어떻게 하실 거예요?"

"글쎄, 하숙이라도 할까?"

"그럼 부엌 도구는 제가 가져갈게요."

"그런 건 주지. ― 돈이 있거든 공채를 사둬. 그걸로 2,000엔 프리미엄이라도 받아."

오카요는 편안히 잠들어버렸다. 뚜, 뚜, 하고 바다에서 길게 기적 소리가 들려왔다. 역시나 난파선이었을까. 북소리는 여전히 이어지고 있었다. 이제 바다의 하늘이 아침 빛에 밝아오고 있으리라.

그러나 오카요와 헤어져 하숙 생활을 하는 것도 새삼으스스 춥다. 결국 여행을 하다가 도쿄로 돌아가면 역시 오카요의 집에 묵게 될 테지. 하지만 아무 까닭 없이, 그러니까 옛이야기처럼 오카요가 이별 이야기를 한 것은 붙잡힌 사슴이 산으로 도망치는 모습을 보는 듯 나는 유쾌했다. 남자와 지내는 것보다 혼자가 되어 여학교에 가는 편이 의미있다고 여기는 그 생각도 흥미로웠다. 그런 게 아니라도 그녀는 그녀대로 뭔가를 생각하고 있다는 것이 어쩐지 나를 밝게 해주었다.

한낮의 햇살이 화창하게 비쳐드는 거실로, 나는 일어나 갔다. 빨래하는 차림으로 오카요가 나왔다.

"간밤의 북소리는 가도마쓰를 태운 거래요."

"호오."

"동네 아이들이 모여 해마다 태운대요. 그래서 화재라

고 여기지 않게 북으로 알리면서 동네를 돌아다닌대요. 사이노가와라* 신의 날이라던가요. 예전엔 상당히 번성했다는데 요즘은 학교 선생님들 잔소리가 심하니까. 아타미의 연중행사래요."

"그거 재미있군. 하지만 그렇다면 우리 집 가도마쓰는 태워주지 않았겠는걸."

그도 그럴 것이 세밑에 아이들이 사이노가와라 신에게 바칠 거라며 기부를 받으러 왔다. 설날에 다시 아이들이 가도마쓰를 태운다며 기부를 받으러 왔다. 영문을 알 수 없기에 이번엔 거절했던 것이다.

그런데 밖으로 나가보니, 현관의 가도마쓰가 없다.

"이봐. 우리 집 가도마쓰도 없어졌어. 언제 가져간 걸까?"

"정말 언제 가져갔을까요?"

나는 왠지 기뻤다.

---

* 부모에 앞서서 죽은 아이가, 저승에서 부모 공양을 위해 돌을 모아 탑을 쌓는다는 삼도천 강변의 자갈밭. 쌓기만 하면 악귀가 와서 이를 무너뜨리는데, 마침내 지장보살이 구해주었다고 한다.

장님과 소녀

교외 정거장에서 전차를 타고 혼자 돌아갈 수 있는 사람이 어째서 정거장까지 가는 외길을 남의 손을 잡고 배웅을 받아야 하는지, 오카요는 이해하기 힘들었다. 잘 알지 못하는 가운데 그 일은 어느새 오카요의 몫이 되고 말았다. 다무라가 처음 그녀의 집에 왔을 때,

"오카요, 역까지 배웅해드리렴." 엄마가 말했다.

집을 나온 지 얼마 지나지 않아 다무라는 긴 지팡이를 왼손에 옮겨 쥐고 오카요의 손을 찾았다. 그녀의 옆구리 언저리에서 허무하게 헤엄치는 다무라의 손을 보자, 오카요는 낯을 붉히면서 자신의 손을 건네줄 수밖에 없었다.

"고맙다. ── 넌 아직 어리구나." 다무라는 그때 말했다.

전차 타는 것까지 도와줘야 하나 하고 생각했지만 오카요의 손에 거스름돈을 남기고 표만 받아 든 다무라는 혼자 성큼성큼 개찰구로 들어갔다. 그리고 플랫폼에 멈춘 전차에 거의 도착했다 싶은 사이, 그 창문 높이를 더듬더듬 손으로 가늠해 걸으며 입구를 찾아 올라탔다. 참으로 익숙한 모

습이었다. 지켜보던 오카요는 마음이 놓여 전차가 움직이기 시작하자 미소 짓지 않을 수 없었다. 그 손가락 끝에 눈이라도 달려 있어 신기한 요술을 부리는가 싶었다.

이런 일도 있었다. ─ 저녁 해가 비쳐든 창문가에서 언니 오토요가 화장을 고치고 있었다.

"거울에 뭐가 비치고 있는지 아세요?"

이렇게 말한 언니의 심술궂은 속셈을 오카요가 모를 리 없었다. 화장하는 오토요의 모습이 당연히 비치고 있을 테지.

하지만 오토요의 심술은 거울 속 자신에게 푹 빠져 있는 심술이었다.

'이렇게 아름다운 여자가 당신을 유혹하고 있어요'라는 마음을 담아 남자에게 찰싹 달라붙는 목소리였다.

다무라는 말없이 무릎걸음으로 다가오더니 거울의 유리를 손끝으로 더듬기 시작했다. 그러고는 두 손으로 휙, 경대 방향을 바꿔버렸다.

"어머. 뭐 하시는 거예요?"

"숲이 비치고 있어."

"숲?"

오토요는 이끌리듯 무릎을 경대 앞으로 끌어당겼다.

"숲에 저녁 햇살이 비치고 있어."

거울을 이리저리 더듬고 있는 다무라를 오토요는 의아

한 눈길로 바라보다가, 흥 코웃음 치며 경대를 제자리에 되돌리고는 다시 화장을 하느라 여념이 없었다.

그러나 그 자리에 있었던 오카요는 깜짝 놀랐다. 거울 속 숲이 그녀를 깜짝 놀라게 했다. 다무라의 말대로 드높이 우거진 숲에는 석양이 자줏빛으로 자욱했다. 나무마다 넓적한 잎사귀들이 뒷면에서 햇살을 받아 따스하고 투명하게 훤히 내비쳤다. 더없이 따사로운 가을날 해 질 녘이었다. 하지만 거울 속 숲은 실제 숲과는 전혀 느낌이 달랐다. 얇은 비단처럼 부드럽고 자욱한 햇살이 비치지 않아서인지, 깊고 청명한 서늘함이 있었다. 호수 같았다. 오카요는 실제 숲까지 매일 집 창문으로 익숙하게 봐오긴 했으나, 여태 유심히 본 적은 없었다. 맹인의 말을 듣고서야 비로소 숲을 보는 느낌이었다. 다무라에게 정말로 저 숲이 보이는 걸까 싶었다. 실제 숲과 거울 속 숲의 차이를 아는지 물어보고 싶었다. 거울을 더듬는 그의 손이 언짢아졌다.

그래서 정거장까지 배웅할 때 다무라에게 손을 잡히는 게 문득 두려워지기도 했다. 하지만 다무라가 집에 올 때마다 그 일이 그녀의 몫으로 맡겨져 되풀이되는 동안 그런 것도 잊어버렸다.

"과일 가게 앞이구나."

"장의사 앞에 왔니?"

"포목점은 멀었니?"

똑같은 길을 여러 번 거듭 걷는 사이, 다무라는 진지하게 또는 장난삼아 자주 이런 말을 하곤 했다. 오른쪽이 담배 가게, 수레 가게, 신발 가게, 버들고리 가게, 단팥죽 가게 ── 왼쪽이 술 가게, 버선 가게, 국숫집, 초밥집, 잡화점, 화장품 가게, 치과 의원 ── 질문하는 대로 오카요가 가르쳐 준 정거장까지 가는 길에 늘어선 가게 순서를 다무라는 모조리 암기해버렸다. 그리고 걸으면서 양쪽 가게를 알아맞히는 게 그들의 유희가 되었다. 그래서 장롱 가게나 양식당 등 새로운 경관이 길에 나타날 때마다 오카요는 다무라에게 알려주었다. 장님의 손을 잡고 배웅하는 소녀의 기분을 달래주려고 다무라가 이런 슬픈 유희를 생각해냈을 거라고 오카요는 짐작하면서도 눈 뜬 이처럼 길가의 집을 알아내는 것이 신기했다. 하지만 그런 것도 어느 틈에 습관이 되고 말았다. 그런데 엄마가 병으로 몸져누웠을 때,

"오늘은 장의사 가게에 조화가 나와 있니?" 하고 묻기에 오카요는 물을 뒤집어쓴 듯 다무라의 얼굴을 돌아다보았다.

그러자 그는 태연히 이런 말을 꺼냈다.

"언니 눈이 그렇게 예쁘니?"

"네, 예뻐요."

"무지무지 예쁘니?"

오카요는 잠자코 있었다.

"가요짱 눈보다 예쁘니?"

"어째서요?"

"어째서라니. ― 언니는 장님의 아내였잖니. 남편이 죽은 후에도 줄곧 장님만 상대해왔고. 게다가 엄마조차 장님이잖아. 그래서 자연스레 자기 눈이 남들보다 유난히 예쁘다고 믿게 된 거야."

어째선지 이 말은 오카요의 가슴에 스며들었다.

"장님은 3대까지 대물림돼."

언니 오토요는 일부러 엄마가 들으란 듯 자주 이런 말을 하며 한숨을 내쉬곤 했다. 그녀는 장님의 아이를 낳게 될까 봐 두려워했다. 장님 아이가 태어나지는 않겠지만 그 아이가 또 장님의 아내가 될 것 같아서였다. 하긴 그녀가 장님의 아내가 된 것도 바로 엄마가 장님이었기 때문이다. 장님인 엄마는 장님 안마사 말고는 알고 지내는 이가 없는 탓에, 장님이 아닌 남자를 사위로 삼는 게 두려웠다. 그 증거로, 딸의 남편이 죽은 후에 여러 남자가 집으로 찾아와 묵고 가는 일이 많아졌는데, 그들 대부분이 또한 장님이었다. 장님한테서 장님이 소문을 전해 듣고 찾아왔다. 장님이 아닌 남자에게 몸을 팔면 곧바로 경찰에게 넘겨질 것 같은 심리가 집 안 가득 퍼져 있었다. 장님 엄마를 보살피려면 장님한테서 받은 돈이어야 한다는 듯이.

그런 남자 안마사 가운데 한 사람이 어느 날 다무라를 데리고 왔다. 다무라는 안마사가 아니라 맹아학교에 수천

엔을 기부했다는 젊은 부자였다. 그 후 오토요는 다무라 한 사람을 손님으로 맞았다. 그녀는 다무라를 처음부터 바보 취급했다. 그는 언제나 쓸쓸히 장님 엄마와 이야기를 나누었다. 그 모습을 오카요는 이따금 가만히 지켜보았다.

엄마가 병으로 죽었다.

"자, 가요코, 이젠 장님의 불운에서 벗어난 거야. 후련해." 오토요가 말했다.

머지않아 근처 양식당의 요리사가 집을 들락거렸다. 오카요는 장님이 아닌 그 남자의 우락부락한 태도에 겁먹고 움츠러들었다. 오토요가 다무라와 헤어질 때가 왔다. 오카요는 마지막으로 정거장까지 배웅했다. 전차가 떠나버리자 자신의 생활이 없어진 듯 쓸쓸했다. 그녀는 다음 전차로 다무라를 뒤쫓아 갔다. 집이 어딘지는 알지 못해도, 오래도록 손을 잡고 걸었던 남자가 가는 길은 알 것 같았다.

모국어 기도

1

그는 언어학 책을 읽고 있었다.

미국의 닥터 러시가 보고한 사실이다.

— 스칸디라 박사라는 이탈리아 사람이 있었다. 이탈리아, 프랑스, 영국, 이 세 나라 언어의 교사였다. 황열병으로 죽었다.

그런데 그는 발병한 날에는 영어로만 이야기를 하고, 질병의 중간 무렵에는 프랑스어로만 이야기를 하고 드디어 임종 날에는 모국인 이탈리아 말로만 이야기를 했다. 물론 고열에 시달리던 그에게는 이런 행동을 일부러 보여줄 의식은 없었다.

— 또한 한때 미쳐버린 여자에게 이런 일이 있었다.

그녀는 미치기 시작한 초기에는 아주 서툰 이탈리아어로 이야기하고, 가장 심할 때는 프랑스어로 말하고, 병세가 흐릿할 때는 독일어를 사용하고, 마침내 회복될 즈음에는 모국어인 이탈리아어로 돌아갔다.

— 어느 연로한 임무관林務官이 있었다. 그는 소년 시절 폴란드 국경에 머문 적이 있을 뿐, 그 후엔 주로 독일에 살았다. 30, 40년간 폴란드어를 입 밖에 낸 적도 없을뿐더러 들은 적도 없었다. 따라서 그 국어는 완전히 잊어버렸다고 해도 좋았다.

그런데 어느 날 마취에 빠진 두 시간 남짓 동안 그는 폴란드어로만 떠들고 기도하거나 노래를 불렀다.

— 닥터 러시의 지인으로 오랫동안 필라델피아 시에서 루터파 교회의 선교사로 일하던 독일 사람이 있었다. 그가 러시에게 이런 이야기를 들려주었다.

시의 남부에는 스웨덴 노인들이 있다. 그들은 미국에 이주해온 지 벌써 50, 60년이나 지났고, 그동안 좀처럼 스웨덴어로 이야기한 적이 없었다. 그들이 아직 모국어를 기억하고 있으리라고는 아무도 생각하지 못할 정도였다.

그런데 이 노인들 대다수는 죽음의 자리에 누워 마침내 숨을 거둘 때가 되면, 묻혀 있던 기억이 먼 데서 돌아오는 건지 어김없이 모국인 스웨덴 말로 기도한다.

이것은 언어에 대한 이야기다. — 그러나 이 기괴한 사실은 무엇을 말하는가.

"그것은 일종의 기억의 변태에 불과하다." 심리학자는 이렇게 대답하리라.

하지만 감정이 풍부한 그는 '모국어로 기도'하지 않을 수 없는 노인들을, 달콤한 감정의 팔로 안아주고 싶어진다.

그렇다면 언어란 무엇인가. 기호에 불과하다. 모국어란 무엇인가.

"언어의 차이란 실은 야만인들 사이에서 다른 종족에 대해 자기 종족의 비밀을 숨기기 위해 발생한 것이다."

이런 내용이 쓰인 책조차 있다고 한다. 그러고 보면 '모국어로 기도'하는 것은 인간이 낡은 인습에 꼼짝달싹 못 할 만큼 속박당하면서 그 밧줄을 풀려고 하기는커녕 그 밧줄을 지팡이 삼아 살고 있다는 일종의 심정이 아닌가. 오랜 역사를 지닌 인류는 이젠 이미 인습의 밧줄로 나무에 동여매어진 시체가 되고 말았다. 밧줄을 끊어버리면 털썩 땅바닥으로 쓰러질 뿐이다. '모국어 기도'도 그 애처로운 모습의 발현이다.

그렇긴 해도 — 아니 그가 이런 생각을 하는 것도 언어학 책을 읽고 가요코를 떠올렸기 때문이다.

"나에게는 가요코가 이 모국어 같은 존재일까?"

2

"몸통은 비둘기만큼 두껍지 않지만 펼친 날개 넓이는

비둘기만 하다."

이것은 여치에 대한 묘사이다. 그가 잠에서 깨었을 때, 이런 문장이 어렴풋이 머리에 떠올랐다. 커다란 여치 꿈을 꾸었다.

그 앞은 기억하지 못한다. —— 아무튼 귓전에, 라고 하기보다 뺨을 스칠 듯 말 듯 커다란 여치가 날갯짓하며 날고 있었다. 그는 분명히 알고 있었다. 가요코와 헤어지려면 어떤 방법을 택하는 게 좋을까. 그걸 이 여치가 가르쳐준다.

잠시 후 그는 시골 거리를 잰걸음으로 걷고 있었다. 밤이었던 게 틀림없다. 드문드문 가로수가 희미하게 떠 있었다. 비둘기 같은 여치는 여전히 그의 뺨에 날갯짓하며 붙어 따라왔다. 소리는 없다. 그러나 기괴하게도 그는 그 날갯짓에서 높은 도덕을 느꼈다. 밀교의 감춰진 가르침에 다가가는 기분으로 그 날갯짓에 다가갔다. 즉 비둘기 같은 여치는 진리의 사도였다. 가요코를 버리는 것이 도덕적으로 옳다. 그 정당성은 이 여치가 언제든지 가르쳐준다.

이렇게 느끼면서 젖빛 거리를 그는 어째선지 쫓기듯 서두르고 있었다. 그리고 여치에 대한 묘사가 떠오르는 동시에 그는 잠에서 깼던 것이다.

"몸통은 비둘기만큼 두껍지 않지만 펼친 날개 넓이는 비둘기만 하다."

머리맡에는 겹꽃 튜베로즈가 하얗게 향기로웠다. 7월의

꽃이다. 그러니 여치는 아직 울지 않는다. 그런데 어째서 여치 꿈을 꾸었을까? 가요코와 여치가 서로 맺어지는 일이 무언가 과거에 있었나?

교외에 살던 때 가요코와 함께 여치가 우는 걸 들은 적이 있는 게 틀림없다. 그녀와 가을 들판을 걸으며 여치가 날아가는 걸 본 적도 있으리라. 그러나,

"여치의 날갯짓이 어째서 도덕의 상징인가?"

과연 그건 꿈이었다. 그 꿈을 분석할 수 있을 것 같은 여치의 기억은 어디에 묻혀 있는지 떠올리지 못했다. 그는 미소 지으며 또다시 잠에 빠졌다.

농민 가옥의 널찍한 토방 위 천창, 거기에 제비집 같은 방이 있었다. 고타쓰*처럼 조립한 방이었다. 그는 이 기괴한 둥지 안에 몸을 숨기고 있었다.

하지만 어쩐지 불안해 다락방 은신처에도 오래 가만히 있을 수 없었다.

스르륵, 기다란 대나무 장대를 곡예사처럼 타고, 그는 안뜰로 내려왔다. 역시나 남자가 뒤쫓아 왔다. 그는 뒷문으로 뛰어나갔다. ― 시골 삼촌 집이었다.

뒤에는 난쟁이 같은 일꾼이 있었다. 일꾼은 자그마한

---

* 일본의 실내 난방 장치의 하나. 나무틀에 화로를 넣고 그 위에 이불이나 포대기를 씌운다.

빗자루를 휘두르며, 쌀 곳간으로 뛰어 들어가려는 그 앞을 가로막았다.

"안 돼. 안 돼. 이런 곳으로 도망치면 안 돼."

"어딘가 가르쳐줘."

"욕실 안으로 도망쳐요."

"욕실?"

"욕실밖에 없습니다. 어서, 어서!"

일꾼은 서둘러 그의 옷을 벗겼다. 일꾼이 갖고 있는 옷을 남자가 발견하면 곤란하다는 생각을 하면서 그는 욕실 창문으로 기어 올라갔다. 욕조의 수증기 안에 몸을 담그자, 뜻밖에도 따스한 물처럼 그에게 닿은 건 가요코의 살결이었다. 그녀가 먼저 들어와 있었던 거다. 그녀는 기름처럼 매끄러웠다. 욕조는 두 사람의 몸이 다 들어가지 못할 만치 좁았다.

"이제 다 틀렸어. 두 사람이 이러고 있는 걸 그 남자에게 들킨다면 어떤 의심을 받은들 도리가 없어."

그는 피부 전체로 느낀 가요코와 두려움에 잠이 깼다.

아내의 목침 금니가 흐릿하니 반짝였다. 전등이 꺼지고 아침 햇살이 비쳐들었다. 그는 아내의 몸을 더듬어보았다. 아래까지 말쑥하니 잠옷에 감싸여 있었다.

그러니까 아내의 살결에서 이런 꿈을 꾼 게 아니다.

그건 그렇고, 꿈속에서 그를 죽이려고 한 남자는 누구

일까? 가요코의 남편이나 애인일 게 틀림없다. 하지만 그를 만나기 전에는 남자가 없었다. 그렇다면 그보다 나중 남자일 게 틀림없다. 그리고 그와 헤어졌을 때도 가요코에게는 다른 남자가 없었으니까, 그는 그런 남자를 본 적도 들은 적도 없다. 그런데 어째서 그 남자에게 쫓기는 꿈을 꾸는 걸까?

가요코 일로 질투받을 만큼 아직도 우쭐해하는 것일까. 그럴지도 모른다. 8년이나 지난 이별이 도덕적이라고, 지금까지도 여치한테 가르침을 받아야 하니까. 그렇지 않다면 이렇겠지.

"가요코에게도 그는 모국어 같은 존재일까?"

3

"가요코의 삼촌입니다만."

그러니까 당연하다는 식으로 그 남자는 그의 집으로 들어왔다.

"실은 가요코가 묘한 편지를 보내왔기에 한 번 만나 이야기를 나누고 싶어 찾아왔습니다."

그 남자는 차를 가져온 그의 아내를 미심쩍은 듯 바라보았다.

"지금 댁에 있다면 잠깐 불러주시겠습니까?"

"가요코 씨 말인가요?"

"네."

"그 사람이 어디에 있는지, 저는 모릅니다."

"뭔가 사정이 있는 줄은 어렴풋이 짐작하고 있습니다만, 감추지는 마세요. 이 댁 주소로 편지도 왔으니까요" 하고 삼촌은 품에서 편지를 꺼내 보여주었다. 겉에 가가와香川 현이라고 쓰여 있다. 이 남자는 가요코의 고향인 시코쿠四國에서 일부러 도쿄 근처까지 온 건가. 그리고 보낸 사람은 정말이지 그의 현재 주소 댁 가요코라고 쓰여 있다. 그는 놀라 소인을 보았다. 그가 있는 아타미의 우체국이다.

"거참. ── 한데 무슨 내용이 적혀 있나요?"

"보세요."

　　── 저의 신상에 관해서는 모두 기타니에게 맡깁니다. 제 운명도 제 장례식도. ── 그러니 저는 이제 머리카락 한 올 고향에 돌아가지 않더라도 용서하세요. 만약 기회가 있으면 기타니를 만나 들으세요. 저에 대해 뭐라고 말씀하실지.

　　　　　　　　　　　삼촌께, 기타니 댁 가요코

이건 무슨 수수께끼인가? 가요코는 그의 거처를 어떻게

알았을까? 또한 어째서 이 해안에 왔을까?

"일부러 이 편지를 부치러?"

그러고 나서 이틀째, 우오미사키魚見崎에서 우오미의 어부가 정사情死를 발견했다는 소문이 났다. 300자나 되는 벼랑 위에서 바다 밑 사체가 수족관 물고기처럼 또렷이 보였다고 한다. 초여름이 머지않아 바닷물이 신기하게 맑았던 것일까.

"가요코다."

그의 직관은 맞는 게 당연했다.

가요코는 정사의 장소로 그의 동네를 선택해 온 것이다. 남자의 시체는 물고기처럼 무표정이었다. 하지만 이 남자가 그를 질투하고 있었다. 죽음의 순간에도.

죽음의 순간이 가까워짐에 따라 인간의 기억력은 쇠퇴해가는 법이다. 그런데 먼저 새로운 기억부터 파괴되어간다. 그리고 그 파괴가 마침내 마지막 한 점에 도달했을 때, 마치 등불이 꺼질 때처럼 아주 잠깐 활활 불타오른다. '모국어 기도'가 그것이다.

그렇다면 물속의 가요코도 정사의 상대가 아닌, 가장 오래된 애인인 그의 얼굴을 또렷이 마음에 새긴 채 죽었으리라. 그것이 그녀의 슬픈 '모국어 기도'였으리라.

"멍청한 여자로군."

그는 초조한 분노로 그녀의 시체에 발길질이라도 할 듯

삼촌에게 말했다. 자신에게 말한 건지도 모른다.

"죽을 때까지 낡은 유령에 씌어 있었어. 겨우 2년 남짓 함께한 나에게서 도망칠 힘도 없었어. 스스로 자신의 일생을 노예로 삼은 거야. 빌어먹을 모국어 기도!"

고향

집을 빌리러 온 대서인代書人은 열두세 살짜리 아이가 자못 집주인 행세를 하는 걸 보자, 웃음을 터뜨리지 않을 수 없었다.

"건방 떨지 말고, 어머니한테 편지를 보내 물어봐줘."

"엄마라면 거절할 걸요. 나한테 빌리라니까요."

"그래, 집세는 얼마니?"

"글쎄, ── 5엔."

"흥, 시세를 아는군." 대서인은 다소 진지한 척 가장했다.

"5엔은 비싸. 3엔으로 깎아주라."

"몰라요." 아이는 금방이라도 저 뒤 들판으로 달려 나가 버릴 것만 같았다. 대서인은 이 유치한 흥정에 싱겁게 걸려들었다. 그에게는 군청 앞에 위치한 이 집이 꼭 필요했다.

"집세는, 이달만 선불로 줘요."

"너한테 내면 돼?"

"응." 아이는 집주인다운 자신감을 내비치며 끄덕였다.

그러나 치밀어오는 아이의 미소를 끝내 억눌러 참지 못하고 마침내 찡그린 듯 입을 꾹 다물었다. 그는 새로 익힌 돈 거래가 참을 수 없이 흥미로웠다. 이것이 두번째 거래였다.

엄마는 누나의 출산을 도우러 도쿄에 간 후 석 달이나 돌아오지 않았다. 도쿄로 오라고는 해도 여비는 부쳐주지 않았다. 아이는 이웃집에 신세를 지고 있었다. 이웃집에 온 넝마장수를 끌고 와서는, 자기 집의 헌 잡지며 고물들을 팔았다. 우쭐해져서,

"이건 비싸?" 화로의 쇠주전자를 빼내 넝마장수에게 보여주고 나서는, 온갖 물건이 팔리는 유희에 푹 빠져들었다. 가난한 집을 샅샅이 뒤져, 죽은 아버지의 나들이옷까지 팔아버렸다. 이제 5엔만 있으면 도쿄를 오갈 수 있게 된다. 아이는 이러한 거래로 어른의 생활, 나날의 양식이 얻어지는 신기한 생활을 느낄 수가 있었다. 게다가 거래한 돈을 받아 쥐는 동시에, 넝마장수건 늙은 대서인이건 생활에 지친 그들의 비참함이 아이의 머리에 뚜렷이 박혔다. 어른 생활의 첫걸음에서 자신이 승자로 보였다. 세상에서 밥을 먹고 살아갈 수 있다는 가능성을 느꼈다.

아이는 아오모리青森 사과의 풋풋한 냄새를 등에 지고 우에노 역에 도착했다. 엄마도 어이가 없어 야단칠 수도 없었다. 돌아갈 고향도 집도 없어졌다는 생각이 물처럼 가슴에 퍼졌다. 장남도 도쿄에 있다. 그 집을 내다 팔면 장남의

장사 밑천이 될 수 있다고 수년 동안 시달려왔음에도 끝내 포기하지 않았다. 자신의 옷가지를 팔아 끼니를 해결하면서도 남겨둔 남편의 나들이옷을, 이 아이는 고물처럼 팔아 치운 게 아닌가.

"사흘 치 잠을 잘 테야." 아이는 누나 집에 도착하자마자 깊이깊이 잠들고 말았다.

커다란 연못이 있는 교외였다. 다음 날은 아침부터 아이 혼자 그 연못에 낚시하러 나갔다. 돌아오는 길에는 이미 근처 아이들을 대여섯 명 데려와, 집 대문 앞에서 열 마리 남짓한 붕어를 나눠주고 있었다.

집에서는 엄마도 누나도 울고 있었다. 누나의 남편이 직장 동료인 미장이한테 아이를 사환으로 쓰라고 결정한 터여서, 오늘 밤 마중을 올 예정이었다. 엄마는 고용살이로 보낼 바에야 둘이서 시골로 돌아가겠다고 우겨댔다. 아이가 성큼성큼 방으로 들어와, 얕은 개울을 아무렇지 않게 펄쩍 뛰어넘을 때처럼 말했다.

"그렇게 다들 싸워대고 눈물 바람을 할 거면, 난 어디서건 고용살이할 테야."

엄마는 말없이 아이의 버선을 깁기 시작했다. 아이는 엄마의 홑옷 그리고 제 것으로는, 이제 막 여름철로 접어들 건만 겨울용 버선까지 고리짝에 챙겨 넣어 들고 온 것이다.

엄마의 눈眼

　　산속 온천 여관에서 내 방으로, 여관의 세 살배기 아이
가 무서운 낯으로 아장아장 달려 들어왔다. 책상 위에서 은銀
자루 연필을 빼앗기가 무섭게, 말 한마디 없이 줄행랑을 쳤
다. ── 잠시 후 여종업원이 왔다.

　　"이 연필은 손님 물건이 아닌지요."

　　"내 거 맞네. 아까 이곳 아이한테 주었지."

　　"그런데 보모가 갖고 있더군요."

　　"아이가 갖도록 하면 좋을 텐데, 빼앗아버린 게로군."

　　여종업원은 웃었다. 자세히 들어보니 연필은 보모의 고
리짝 밑에서 나왔다는 거였다. 그녀의 고리짝에는 훔친 물건
이 수두룩했다. 손님의 명함 지갑, 여관 주인의 긴 속옷, 여
종업원의 빗이며 트레머리 장식, 그리고 지폐가 대여섯 장.

　　보름 남짓 지나자 여종업원이 또 말했다.

　　"이토록 분한 일이 또 있을라고요. 그런 계집애한테 창
피를 당하다니……"

　　보모의 도둑질은 그 이후로도 한층 더 심해진 모양이

다. 마을의 포목점에서 그녀가 지나치게 사치스러운 기모노를 잇따라 현금으로 사 가는 터라, 가게에서 몰래 여관으로 알렸다. 여종업원이 여관 주인의 부탁을 받아, 보모를 다그쳐 캐내려고 했다.

"그렇게까지 말한다면, 주인아주머니한테 가서 모조리 다 털어놓을 거야." 보모는 휙 자리를 뜨고 말았다.

"너네들 여종업원 따위한테 털어놓을까 보냐, 꼭 이런 말투라니까요."

그리고 여종업원의 말에 따르면 보모는 여관 주인 앞에 앉아 사뭇 천진스럽게 고개를 갸우뚱해가며 훔친 물건을 하나하나 떠올려 보고했다고 한다. 돈은 카운터와 손님 것을 합해 150엔 정도 훔쳤다.

"자기 겉옷이며 기모노를 서너 벌 장만하고, 그다음엔 어머니를 자동차에 태워 병원에 모시고 다녔다는 거예요."

여관 지배인이 부모 계신 곳까지 가서 되돌려보냈는데, 부모는 별로 야단도 치지 않고 받아들였다고 했다.

아름다운 보모가 떠나고 머지않아 나는 돌아가게 되었다. 내가 탄 승합마차를 쫓아, 초록 숲을 가르듯 자동차가 질주해왔다. 마차가 길을 피했다. 그 마차 곁에 자동차가 우뚝 멈췄다. 한껏 멋을 부린 보모가 자동차에서 내려 마차로 달려 들어오면서 너무나 반갑게 소리쳤다.

"아아, 기뻐요! 만났군요. 전 엄마랑 시내 의사 선생님

한테 가는 중이에요. 가엾게도 우리 엄마, 애꾸눈이 될 모
양이에요. 우리 차를 타고 가요. 정류장까지 배웅할게요. 괜
찮죠?"

나는 마차에서 뛰어내렸다. 보모의 얼굴에 넘치는 저
환한 기쁨.

자동차 창문으로 어머니의 눈을 가린 붕대가 하얗게 보
였다.

삼등 대합실

그를 도쿄 역 삼등 대합실에 앉히는 데는 약간의 설명이 필요했다. 한마디로 말하면, 그녀가 그를 만나는 약속 장소로 그곳을 선택한 것이다. 그녀인들 삼등 기차와는 무관하게 살아가는 여자가 아닌가, 하고 그는 반대했다.

"일, 이등이라면 부인 대합실도 있잖은가. 삼등이라면 눈에 띄어 곤란할 텐데."

"제가요? ── 제가 그렇게 눈에 띄는 여자인가요?"

그뿐, 그는 그녀의 조신함을 순순히 받아들였다.

하지만 그녀와 약속을 하고 도쿄 역에 오긴 했어도, 그는 곧장 삼등 대합실로 들어가지 못하는 남자였다. 5시까지 15분 정도 남은 걸 확인하고는 자연스레 그는 일, 이등 대합실로 오고 말았다. 벽을 파서 만든 작은 영사막에 마쓰시마松島 풍경 활동사진이 비치고 있었다. 그는 오사카의 옛 친구를 떠올리고 편지를 썼다. 그걸 역 우체통에 던져 넣고 그길로 마침내 삼등 대합실로 왔다.

이곳 벽에는 영사막이 없었다. 삼등 기차의 손님은 마

쓰시마 구경을 하지 못할 것 같다. 수학여행에서 돌아온 시골 여학생 무리가 대합실 가득 수다를 떨고 있었다. 그는 숨기라도 하듯 소녀들 뒤에 앉았다. 눈앞의 긴 의자에 사초로 엮은 삿갓이 놓여 있었다.

奉巡禮四國八十八箇所靈場
本來無東西
　千葉縣印旛郡白井村
何處有南北
南無大師遍照金剛
迷故三界城
　字富塚　　　　　川村作治
　　　　　　　　　同行×人
悟故十方空

사초 삿갓에 쓰인 7행 글자에는 아직 묵향이 있었다. 순례자는 먹빛 옷 아래 무명을 입고 배웅하는 승려가 무릎에 펼친 색판 인쇄 「시코쿠 순례* 지도」를 들여다보면서, 승려의 말에 일일이 고개를 끄덕이고 있었다. 눈썹까지 덮어버릴 듯한 검은 안경만이 이 노인에게는 어울리지 않았다.

---

* 기원을 위하여 시코쿠에 있는 고보弘法 대사의 영지 88곳을 순례한다.

그는 노인의 새 사초 삿갓이 낡아갈 시코쿠 여행을 그려보았다. 「미고삼계성迷故三界城. 오고십방공悟故十方空」. 삿갓의 이런 글자와는 아무 관련도 없을 테지만, 오랜 소망이었을 순례 길에 나서는 노인은 행복할 게 틀림없다. 그러나 그것은 그가 생각하는 행복과는 얼마나 큰 격차인지! 그렇지만 또한 뒤집어 다시 생각하면 그의 조부모는 함께 동반하여 시코쿠를 순례하지 않았던가. 실제로 그의 어린 시절 고향 추억에는 순례의 방울 소리가 들린다.

그래서 어떻다는 건지 ─ 그녀를 기다리는 초조함으로 그는 생각해볼 수 없었다.

─ 일, 이등 대합실보다 삼등 대합실에서 만나는 편이 오히려 눈에 띄지 않는다는 걸 경험으로 알 만큼 그녀는 밀회의 상습자인 걸까?

─ 일, 이등 대합실 쪽에서 만나는 남자와 삼등 대합실 쪽에서 만나는 남자를 몰래 분류하고서, 그녀는 남자들을 비웃고 있지나 않을까?

그의 머리에 떠오르는 것은 이토록 어리석은 생각이었다. 그 이등 대합실 쪽 남자를 지금도 그녀가 만나고 있을 것만 같아, 그는 일, 이등 대합실을 들여다보러 갔다. 멍하니 되돌아온 그를 밀쳐 넘어뜨리듯 사람들이 떼 지어 밀어닥치며 북적거렸다.

그 순례자와 승려가 형사에게 끌려 나가고 있었다.

당신은 저를 이등 기차를 타는 여자라 여기고 있습니다. 하지만 그건 당신 탓이 아니라 제가 그리 보이도록 평소에 애쓰고 있기 때문이죠. 어제는 무심코 삼등 대합실이라고 말씀드려, 그만 정체를 드러내고 말았어요. 그리고 집에서 곰곰이 생각했죠. 저를 이등 기차에 타는 여자라고 생각하시는 분은 이제 싫어졌어요.

도쿄 역에서 기다리다 지쳐 돌아오자, 그녀에게서 이런 편지가 와 있었다.

그녀는 그녀 자신을 비천하게 보임으로써 실은 그를 비웃고 있는 건지도 몰랐다. 아무튼 그는 이 일로 다시 당분간 삼등 대합실과는 무관한 생활을 하리라. 그러므로 삼등 대합실은 그 순례자와 승려의 모습을 빌려, 로맨틱한 인상을 그의 머리에 간직하게 되리라.

하지만 그는 그 순례자가 범죄자의 변장이라고는 도저히 믿기 힘들었다. 그녀가 삼등 기차를 타는 여자라고 믿기 힘든 것과 마찬가지로 ─ .

때리는 아이

도쿄 시 승합자동차 회수 승차권 뒷면의 운행 노선도를 들여다보며 토목 인부인 고로가,

"준비됐어? 센쥬신바시千住新橋."

높다란 창문턱에 걸터앉은 아내 오센은,

"무서워." 그러나 앞으로 툭 던진 다리와 두 팔로 버티고서 몸을 들썩거렸다.

"기타센쥬北千住."

그 순간 오센은 문턱에서 손을 떼고 쿵! 엉덩방아를 찧었다.

뺨이 들썩들썩 미소를 지어 보이며, 곧장 다시 문턱에 걸터앉았다.

"등짝을 부딪치지 마. 미노와三ノ輪야."

오센은 다시 창문턱에서 엉덩방아를 찧었다. 썩은 다다미 냄새가 피어올랐다. 고로가 엿새 동안 일을 쉬는 장마철 한낮이다.

"구루마자카車坂."

쿵! 오센의 엉덩방아.

"이즈미바시和泉橋."

쿵!

"스이텐구水天宮."

"기사님! 좀 천천히 해주세요."

"덜컹덜컹 흔들려야 해. 배 속이 울리나?"

"울리다마다. 쇠막대가 밑에서 배 속으로 들쑤시는 것 같아."

"스이텐구."

쿵! ― 그리고 오센은 빠진 머리핀을 주우며 무명 속옷 반소매로 재빨리 이마를 닦았다. 발그레하게 ― 옅은 먹빛으로 기름때가 가신 살결에 신기하게도 희미하니 혈색이 돌았다. 고로가 앉은뱅이걸음으로 다가갔다.

"왜?"

"뺨도 닦아."

오센은 고양이 세수처럼 두 손으로 얼굴을 문질렀다. 그러고는 흐트러진 머리카락을 냅다 움켜잡았다. 고이노보리*처럼 흔들흔들 헤엄치듯 다시 창문턱으로 기어올랐다. 하지만 자못 지친 기색을 드러내는 이 몸짓은 참으로 오랜

---

* 종이나 천 등으로 잉어 모양을 만들어, 단오 때 깃발처럼 장대에 높이 다는 것.

만에 보는 오센의 여성스러움이었다.

"도쿄 역."

쿵!

고덴마초小傳馬町——가메자와초龜澤町——긴시보리錦絲堀.
엉덩방아를 되풀이하는 사이, 오센은 눈에 눈물을 머금고
웃음을 터뜨렸다.

"나, 생각났어."

"지지난해 일?"

"아니." 오센은 어린애처럼 고개를 저으며,

"초등학교 때. 친구들하고 뛰어 돌아다니던 놀이."

"놀이라고? 웃기지 마. 재미 삼아 뛰는 게 아냐."

"얼마든지 뛸 거야. 하지만 어차피 태어나잖아. 지난해
에 그렇게 뛰어도 소용없었는걸."

——지지난해 오센은 산속 온천 여관의 종업원이었다.
고로는 그 마을 농민의 아들이었다. 마을에서 반도 남쪽으
로 산을 넘어가는 산간도로가 만들어졌다. 대포를 실어 나
르기 위해서라는 소문이 있었다. 흘러들어온 토목 인부 무
리에 섞여 고로도 일하러 나갔다. 인부들은 고로에게,

"쳇! 농사꾼이 되게 인심도 후하셔. 너, 그 애가 네 아이
라고 우쭐거리니까, 매춘부 같은 어린 여자의 놀림감이 되
는 거야. 가난한 집안의 계집애들은 말이야, 하룻밤이라도
좋으니 부잣집 마나님이 되고픈 꿈을 꾸는 거라고. 하지만

280

그 뒤치다꺼리에는 너 같은 친절한 가난뱅이가 필요하지. 부자의 첩이 될 만한 외모도 못 된다는 걸 오센은 너무도 잘 알고 있으니까."

여관이 잠들고 나서 오센은 뒤쪽 온천에 몸을 담그고 기다렸다. 욕조 가장자리에 얼굴을 걸치다시피 해서 잤다. 고로는 계곡을 건너왔다. 틀에 박힌 듯 탕에서 유혹하는 오센의 어깨를 걷어찼다. 오센은 잠에서 깨어 그 발을 잡으며,

"어머, 차가워라! 지름길로 강을 건너왔어요?" 고로를 탕으로 잡아끌고는 그의 다리에 올라타고 가슴을 갖다 댔다.

"고향 엄마한테서 편지가 왔어요. ─ 높은 곳에서 뛰래요."

"나에 대해선?"

"아무 말도 안 썼어요."

"어머니가 정말로 뛰라고 권하신 거야?"

"뛰면 된대요."

"흐음. 넌, 어머니가 가엾다고 생각하지 않아?"

"어째서?"

"널 야단치셨어?"

"아뇨."

"난 네 어머니가 가여워."

"전 뛸 테니까 같이 가요."

벗은 옷을 넣는 높다란 선반 위로 오셴은 벌거벗은 채 기어 올라갔다. 밑에 서 있는 고로의 가슴을 향해 뛰어내렸다. 그렇게 예닐곱 번 되풀이했다. 목욕탕 창문에서 강가로도 뛰었다. 겨울 달이 밤공기를 푸른 칼날처럼 얼어붙게 만들었다. 두 사람은 계곡을 따라 새로운 길로 나갔다. 갓 절개한 생생한 벼랑에서, 오셴은 다리가 부러진 개구리처럼 몇 번이고 뛰어내렸다.

"무서운 달이네."

그렇게 나흘 밤이나 계속되었지만 두세 달 후 오셴의 몸이 눈에 띌 무렵, 두 사람은 도쿄로 도망쳐 남자아이를 낳았다. 고로는 벌이를 못 하는 토목 인부가 되었다. 온천 여관에 온 도쿄의 젊은 남자들. 오셴에게는 바로 꿈의 도쿄에서, 그녀는 뺨이 씰룩씰룩 움직일 뿐 웃지 못할 만큼 창백했다. 도쿄에는 뛸 곳조차 없다. 승합자동차를 타면 될 테지만 돈이 없다. ─ 그래서 고로가 주워 온 회수권 뒷면의 운행 노선도에 의지해, 탄 것과 똑같은 효과를 얻으려고 오셴은 창문턱에서 엉덩방아를 찧고 있었다.

그런데 ─ 오셴은 정말로 웃음을 터뜨렸다. 땀이 밴 살갗에 혈색이 돌아왔다. 젖은 눈이 반짝반짝 되살아났다.

"스사키洲崎에서 에타이바시永代橋."

"진짜로 난, 놀이를 떠올리게 돼. 초등학교를 나온 뒤 이렇게 놀아본 적이 없어."

"에타이바시."

쿵! ─ 니혼바시日本橋 ─ 시바구치芝口 ─ 시바엔바시
芝園橋. 오센의 몸짓은 점점 성숙한 처녀처럼 크고 환해졌다.
무명 속옷 한 장 가슴이 풀어져, 뽕나무 열매 빛깔 젖꼭지가
튀어 올랐다. 고로의 구호도 힘이 붙었다.

"이번엔 신주쿠에서 오키도大木戶."

쿵! 드디어 오센은 옆으로 쓰러져 몸을 널브러뜨린 채
깔깔 자지러지게 웃었다.

무슨 소리에 잠이 깬 아기가 울음을 터뜨렸다. 오센은
너무 웃어댄 나머지 일어서지도 않았다. 고로가 창문으로
안고 가서,

"시, 시, 시, 시, 시⋯⋯"

"으앙, 앙, 앙⋯⋯" 아기가 고로의 뺨을 마구 때렸다.

"이놈 봐라. 아비를 때렸어." 고로는 여느 때와 달리 밝
게 웃다가, 그러나 문득 그 아비가 누구냐? 오센을 임신시키
고 도망친 부자인가? 나인가? ─ 하지만 오늘은 부잣집 아
들을 낚아채어 가난뱅이로 키우는 일이 고소했다. 아이 따
윈 얼마든지 태어나라지. 군인 놀이처럼 ─ 고로 역시 어린
시절의 놀이를 떠올렸다. ─ 다들 씩씩하게, 저마다 먹고
살라지.

"어느 아비인들 상관없어. 그 아비를 해치워. 아비를 해
치워!" 아기의 손목을 쥐고, 제 뺨을 찰싹찰싹 때렸다.

가을 천둥

바다에서 돌아온 아가씨들이 구릿빛 준마들처럼 거리를 활보하던 초가을, 호텔의 한 룸에서 고풍스러운 생황, 필률 등 피리 소리를 울리며 우리의 혼례가 있었는데, 그 유리창에 돌연 번개가 번쩍거리더니, 이 결혼을 두드려 부수는 듯 천둥소리가 요란했다. 열일곱 살 신부는 새파랗게 질려 눈을 감은 채 물에 젖은 깃발처럼 쓰러졌다.

"창문을. 커튼을."

그리고 식이 끝나자 신부의 아버지가,

"이 아이가 천둥소리를 싫어하는 건 옛이야기의 뒤탈인지도 모르겠네" 하고 이야기를 꺼낸 단바국國의 효자전 —.

단바국 아마다군郡 하지촌村 아시다 시치사에몬은 특별히 영주가 연공을 면제해 표창할 정도로 효자였다. 그런데 그의 어머니는 북소리만 들어도 기절할 만큼 천둥을 싫어했다. 그래서 천둥이 우르르 쾅 울리기라도 하면 어디서 무얼 하건 상관없이 시치사에몬은 한달음에 집으로 돌아가곤 했다. 여름에는 이웃 마을에도 가지 않았다. 그뿐이 아니다.

어머니가 죽고 나서도 천둥소리를 들으면 무덤으로 내달려가, 어머니의 석탑을 끌어안아드리곤 했다.

그러던 어느 비바람 몰아치던 날 밤, 애통하게도 시치사에몬은 어머니의 석탑을 온몸으로 감싸 안은 채 벼락을 맞아 죽고 말았다. 다음 날 아침 화창하게 개어, 묘석을 끌어안은 시치사에몬의 팔을 마을 사람들이 떼어내려고 하자 뚝 부러졌다. 까맣게 탄 시신은 어디 할 것 없이 손을 갖다 대기만 해도 푸석푸석 부서지는 잿더미 인형이었다. 효성 지극한 시치사에몬을 어머니의 석탑에서 떼어내려는 건 부질없는 일이 되었다. 노파 한 사람이 언저리에 굴러떨어져 있던 손가락 하나를 주워 두 손 모아 절을 올리며 소맷자락에 넣고,

"우리 불효자식한테 먹일라요."

너 나 할 것 없이 마을 사람들은 시신 조각을 주웠다.

"그 재灰가 우리 집에도 조상 대대로 보물처럼 전해지고 있는데, 내가 어릴 적에도 모친이 마시게 했다네. 그래서 나도 이 아이도 천둥을 싫어하게 된 걸까?"

"이 아이한테도……" 나는 장인 흉내를 내어 신부를 이 아이라고 불렀다.

"이 아이한테도 그 재를 먹였습니까?"

"아니, 실은 까맣게 잊고 있었네. ── 하지만 사돈어른이 마시게 하고 싶다면, 당장 소포로 부쳐주겠네."

교외의 신혼집 —— 우리에게는 하나부터 열까지 온통 새것인 집에 도착하자, 역시나 아직 하얀 덮개도 벗기지 않은 신부의 새 옷장 뒤에서 폴짝폴짝 귀뚜라미 네 마리가 뛰어나왔다. 그러나 신부는 라일락 꽃다발처럼 화사한 초여름 —— 그리고 또다시 여름이 자살이라도 하듯 험상궂은 천둥의 발소리, 나는 이 어리고 겁먹은 신부를 끌어안았으나 여자의 살결에서 제일 먼저 느낀 건 여자 안에 있는 모성이었다. 그리고 그다음, 이 부드럽고 따스한 묘석을 끌어안으면 그대로 내가 까맣게 탄 시신이 되지 않는다고 그 누가 말할 수 있으랴.

번개가 번쩍거리고, 이 신혼의 침상을 죽음의 침상으로 만들려는 천둥이 바로 지붕 위다.

"커튼을, 커튼을."

가정家庭

　—여기서 말하는 맹인이란, 눈이 안 보이는 걸 의미하지 않아도 좋다.

　그는 맹인 아내의 손을 잡고 임대주택을 보러 언덕을 올라갔다.

　"저건 무슨 소리죠?"

　"대숲의 바람 소리."

　"그랬군요. 난 벌써 댓잎 소리를 잊어버릴 만큼 오랫동안 집 밖으로 나가지 않았군요. —지금 집은 2층으로 올라가는 계단 높이가 너무 얕아요. 막 이사하고 나서 난 발의 리듬을 맞추지 못해 애를 먹었죠. 이제 겨우 완전히 익숙해졌구나 싶은데, 또다시 새집을 보러 가자고 하다니. 맹인한텐 옛집이 자기 몸 같아서 구석구석 훤히 잘 알고 있고, 당연히 자기 몸처럼 친근한 거예요. 눈 뜬 이에게는 죽은 집에 맹인의 피가 통하는 거죠. 그런데 다시 새집 기둥에 부딪히고 문턱에 걸려 넘어져야 해요?"

　그는 아내의 손을 놓고 하얗게 칠한 나무 문을 열었다.

"어머, 나무가 엄청 우거진 어두운 정원 같아요. 이제 겨울에는 춥겠어요."

"벽도 창문도 아주 음산한 양옥집이야. 독일 사람이 살았던 것 같은데. 리델만이라는 문패가 남았는걸."

그런데 입구의 문을 밀어 열자 그는 눈부신 빛을 받은 듯 몸을 젖혔다.

"멋지군. 아주 환해. 정원이 밤이라면 안은 대낮이야."

노랑과 주홍색의 굵은 줄무늬 벽지가 빨강과 하얀색 막을 둘러친 축제 장소처럼 화사했다. 짙은 다홍빛 커튼이 색전등처럼 환했다.

"긴 의자가 있어, 난로가 있어, 의자와 테이블이 있어. 옷장, 장식등, ──가구가 죄다 갖춰져 있어. 이걸 봐……"

그는 아내를 거칠게 넘어뜨리듯 긴 의자에 앉혔다. 아내는 서툰 스케이트 선수처럼 손을 내젓고 스프링의 반동에 몸을 흔들거렸다.

"이봐, 피아노까지 있어."

그의 손에 이끌려 자리에서 일어나 난로 옆 작은 피아노 앞에 앉은 그녀는, 무서운 물건을 만지듯 건반을 두드려 보았다.

"어머, 소리가 나요."

그리고 그녀는 동요를 치기 시작했다. 아직 눈이 보였던 소녀 시절에 배워 익힌 노래이리라. 그는 큼직한 사무용

책상이 있는 서재에 가보았는데, 그 옆이 침실이었다. 2인용 침대가 있었다. 역시 주홍과 하얀색 줄무늬가 있는 거친 천으로 둘러싼 짚 이불이 있었다. 그 위에 뛰어오르니 스프링이 부드럽다. 아내의 피아노는 점차 쾌활한 기쁨을 연주한다. 하지만 맹인의 슬픔, 이따금 건반을 잘못 치고는 아이처럼 웃는 소리도 들린다.

"이봐, 큰 침대를 보러 안 올래?"

신기하게도 ─ 아내는 방향을 알 수 없는 집 안을 앞이 보이는 딸처럼 씩씩하게 걸어 침실로 왔다.

두 사람은 서로 어깨를 그러안고 침대에 걸터앉아 스프링 달린 인형처럼 신나게 몸을 흔들었다. 아내는 나직이 휘파람을 불기 시작했다. 시간을 잊었다.

"여기가 어디예요?"

"글쎄."

"정말 어디예요?"

"아무튼 당신 집은 아니야."

"이런 곳이 많았으면 좋겠어."

가을비 내리는 역

아내, 아내, 아내, 아내 — 아아, 여자여! 이 세상에는 아내로 불리는 여자가 얼마나 많은지! 모든 처녀가 유부녀가 되는 것을 신기해할 건 없다고 잘 알고 있건만, 여러분은 엄청난 유부녀 무리를 본 적이 있는가. — 이는 죄수 무리를 보는 것만큼 측은한 놀라움이다.

여학생이나 여공들 무리에서 유부녀 무리를 상상할 수는 없다. 여학생이나 여공들 사이는 뭔가 한 가지로 맺어져 있다. 즉 그 한 가지에 가정으로부터 해방되어 있다. 하지만 유부녀 무리는 속세의 격리병동 같은 각각의 가정에서 나온 한 사람 한 사람이다. 자선회 바자 또는 동창회 소풍이라면 유부녀들도 여전히 일시적인 여학생의 마음을 지녔다고 할 수 있겠지만, 이들은 그녀들에게 한 사람씩인 남편에 대한 사랑으로 떼 지어 모인 탓에 그녀들 역시 한 사람 한 사람이다. — 그러나 이것은 공설 시장 이야기가 아니다.

이를테면 교외의 전차 정거장 — 오모리 역이라고 하자. 아침에 청명했던 가을날이 오후부터 비를 뿌렸다고 하

자. 소설가인 그의 아내는 불행히도 격리병동 환자가 아닌 시게노茂野 무도장의 무희였기에 그는 오모리 역 개찰구에서,

"어서 오세요. 우산을 가져왔어요" 하고 이웃집 아내가 우산을 가슴팍으로 들이미는 일을 당하기도 했다. 아니, 가슴팍으로 들이밀어진 것은 우산뿐만이 아니라 아내라는 느낌 그 자체였다. 이웃집 아내는 목까지 새빨개져 미소 지었다. 그도 그럴 것이 우산 두 개를 가진 유부녀들 무리가 역 출구를 겹겹이 둘러싸고 일제히 개찰구를 노려보고 있으니까.

"야아, 고맙습니다. ──부인들의 메이데이*로군요." 이렇게 말은 해도 그는 이웃집 아내 이상으로 당황하여, 흥분한 연설가처럼 돌계단을 도망쳐 내려왔다.

유부녀들의 포위망을 뚫고 한숨 돌리는데, 그가 펼쳐 든 건 붓꽃이 그려진 물빛 여성용 우산이었다. 부인이 허둥지둥 잘못 건네준 건지, 아니면 자신의 우산을 갖다준 건지 어떻든 간에 늦가을 비 내리는 역으로 마중 나온 부드러운 여자가 그의 가슴으로 물처럼 스며들었다. ──살짝 옷자락이 벌어진 채 발돋움하며 우물에서 펌프질할 때의 그녀의 복사뼈 언저리를, 그는 이따금 2층 서재에서 바라보았다. 얼

* 노동절.

굴이 마주치면 그녀의 미소에서 발그레 물든 과실을 스치는 가을바람을 떠올린다. 단지 그 정도의 그녀이긴 해도 꽃이 있는 그녀의 우산을 쓴 지금, 무도장에서 남자들과 서로 끌어안고 정신없이 춤추고 있을 아내를 생각하는 것은 예스러운 쓸쓸함이었다.

뿐만 아니라 역으로 통하는 세 갈래 큰길로부터 가정적인 너무나 가정적인 사랑을 우산 하나에 드높이 치켜든 부인 군대가 바싹바싹 공격해오고 있다. 그녀들의 잰 발걸음, 그리고 바깥 햇살에 익숙지 않은 고지식한 쇠락. 이 조심스러움은 오히려 죄수들 무리처럼 분노의 결투를 떠올리게 한다.

"부인들의 메이데이. 내가 생각해도 멋진 표현이야." 그는 제각기 남편의 우산을 지닌 아내들의 끝없는 행진에 역행하면서,

"부엌에서 그대로 나온 화장하지 않은 부인들 — 화장하지 않은 가정의 모습 그 자체다. 회사원 가정 전람회다."

그래서 그는 늦가을 비 뿌리는 하늘 같은 웃음을 문득 지었는데, 비 내리는 역의 부인은 웃지 않는다. 기다리다 지쳐 울고 싶은 아내도 있으리라. — 실제로 이웃집 아내의 두번째 우산 역시 첫번째와 마찬가지로 남편의 손에 건네지지 않았다.

가을비 내리는 역은 근교의 동네, 이를테면 오모리 일
대가 — 직장인 남편은 자동차를 타지 않고 아내에겐 하녀
가 없는 그 정도 젊은 부부의 소굴임을 새삼스레 속속들이
보여주고는 있지만, 아이를 등에 업은 지우산 아내, 남편의
박쥐우산을 지팡이 삼아 오는 늙은 아내들 또한 가을 비옷
이 없어 한겨울의 연지 색깔 모직 코트를 입은 새댁과 마찬
가지로 결코 드물지는 않다. 그리고 이렇듯 무리 지은 아내,
아내, 아내들이 퇴근 시간에 개찰구를 나오는 남자들을 한
사람씩 찾아내고는 우산을 나란히 쓰거나 한 우산을 함께
받치고 일종의 안도감과 한때의 신혼 비슷한 희열에 감싸여
돌아간다. 그러나 뒤따라 계속해서 여자들은 끊임없이 밀려
들어와, 이곳은 한 사람의 남자를 기다리는 여자 시장 — 이
는 참으로 배우자를 찾는 세상 여자들의 시장, 화장과 로맨
스를 없앤 결혼 시장의 모형을 연상시킨다.

그런데 시장 물품으로서 예외 하나, 이웃집 아내는 끝
까지 팔리지 않은 채 남고 싶었다. 초라한 남편이 개찰구를
나오지 않을까 흠칫흠칫 겁먹었다. 그녀가 소설가인 그에게
우산을 건네자 과연 그녀의 적敵은 돌계단을 올라 다가오
면서,

"정말 오랜만이야! 너도 오모리에 사는구나?"

"어머!" 여자 동창은 그제야 서로를 알아본 듯 미소 지
었다.

"방금, 소설가 네나미 씨 맞지?"

"그래."

"어머, 역시 그렇구나. 부러워라. 넌 언제 네나미 씨랑 결혼했어?"

"어머, 언제라니……"

"얄미운 사람. 자신이 결혼한 때를 잊어버리다니, 그 정도로 매일매일 달콤한 신혼이라는 뜻?"

"지난해 7월이야." 부인은 얼결에 말해버렸다.

그녀는 소설가를 위해 우산을 가져온 게 아니었다. 역에서 옛 연적의 모습을 발견하고 차오르는 감정과 싸우고 있던 까닭에, 화려하고 잘나가는 이 남자에게 순간적으로 우산을 건네주고 말았다.

"그럼 벌써 1년이 넘었잖아. 그런데도 어제 시집간 사람처럼 얼굴이 빨개지네?"

"좋아."

"나야말로 좋아. 조만간 꼭 집을 방문하고 싶어. 난 네나미 씨의 열렬한 애독자거든. 미남이란 소문은 진작부터 잡지 기사로 알고 있었지만 들은 바 이상인걸. 부러워라. 치요코, 사실 난 전부터 너의 모습을 알아봤어. 하지만 그런 일이 있어 헤어진 채 통 연락이 없었잖아. 나를 밝히는 게 좋을지 어떨지 망설였어. 그런데 네나미 부인인 걸 알고는 정말 안심했어. 이제 와 보면, 결국 좋은 제비를 뽑은 건 너야. 시시한 제비를 내가 먼저 뽑아준 덕분이잖아. 옛 원망 대신 고맙다는 인사를 부탁해. 그때 일을 깨끗이 물에 흘려보내고 — 흘려보낼 것도 없지. 지금의 행복으로 이미 까맣게 잊은 꿈인걸. — 두 사람이 처음처럼 친구로 산뜻하게 손을 잡을 수 있겠다 생각하니 내 마음도 가볍고, 네게 축하 인사도 하고 싶고, 너무 기쁜 나머지 이름을 밝히고 나선 거야."

거짓말 말아. 나는 이겼다. — 하고 부인은 찌릿찌릿한 행복감에 취했다.

"아직 또 기다리는 분이 있어?"

"응, 여자 제자를 마쓰야松屋에 쇼핑하러 보냈거든." 이번엔 시원시원하게 튀어나왔다.

거듭 소설가 네나미 씨가 즐겨 쓰는 표현을 인용하자면, 개찰구는 사회의 거대한 감옥 문을 연상시킨다. 징역을 사는 남자들은 그 문을 나와, 마중을 나온 환자와 함께 격리 병동인 가정으로 돌아간다. — 그럼에도 그녀들은 남편의 출옥을 두려워하는 아내 두 명이었다. 전차가 도착할 때마다 어느 쪽 남편이 먼저 돌아올까, 그녀들의 속마음은 차가운 전율을 되풀이했다.

네나미 씨 부인이라는 가면을 쓴 채 돌아가버리기에는, 이웃집 아내는 너무나 남편을 사랑했다. 옛 연적의 말을 들을 것도 없이 그녀는 그 사랑을 위해 옛사랑을 깡그리 잊고 있었다. 하지만 연적의 마중을 받는 옛 연인을 지금 보는 것은, 가면이 벗겨지는 것과 마찬가지로 괴로울 게 틀림없었다. 아니, 그것보다도 비 내리는 오후에는 마중을 나오는 습관의 쇠사슬이 부인을 가을비 뿌리는 역에 붙들어 맨 듯했다. 한편 연적 역시 남편을 — 그녀들과 사랑을 했던 대학생, 즉 상대 여자가 기억하는 뺨이 아름다운 청년이 아니라 생활에 찌든 월급쟁이인 남편을 보이고 싶지 않았다. 남편의 주머니에는 차비가 없고, 결혼과 함께 4년을 내리 입은 양복은 가을비에 젖은들 아까운 게 못 된다. 그녀는 그저 지고서 돌아갈 순 없다.

"정말이지 가을 하늘은 부인들을 울린다니까. 오늘은 그렇지 않지만 역의 택시들이 금세 다 나가버리는 통에 다들 남편 내조의 경기장에 끌려 나와, 마치 여자들 헌 옷 시장 같지 않아?" 남편 이야기로는 승부가 되지 않음을 간파하고, 연적은 싸움을 여자들 이야기로 옮겼다.

"한번 보라고. 아무리 싸구려 헌 옷인들 옅은 화장 정도는 하고 오는 게 여자의 몸가짐이건만. 이건 뭐 마누라 시위 같잖아……"

"아까 남편이 부인들의 메이데이라고 했어."

"어머! 역시. 그렇지. 이건 마치 남편에게 창피 주기잖아. 남자들 눈에는 섬뜩하게 보일 게 뻔해."

참으로 노란색 굽 높은 게다까지 환하게, 그녀는 새로 화장을 했다. 이웃집 아내는 부엌에 있던 그대로다. 이 화장 ― 가을비 내리는 역으로 남자의 우산을 들고 올 때도 잊지 않는 화장 ― 단지 요만한 일이 오래전 연인을 빼앗은 힘이었던 거다. 그리고 지금은 이웃집 아내 또한 소설가 부인이라는 볼연지를 바르고, 이 화장 때문에 이토록 행복하고 연적을 이겼다.

"그런데 난 좀 밑지는 성격이라 남의 시선을 끄는 게 무서운걸."

"그게 덕 보는 운명이라고 해야지. 네나미 부인을 아는 사람은 다 알아. ― 괜찮다면 내가 불러드릴까, 네나미 부인을 소개합니다, 라고." 이웃집 아내가 말하고 싶은 그 이상을 상대가 말해주었다. 그리고 나서 세번째 단계의 작전으로서 다시 새로운 화장을 시작했다. 음악과 신극에 정통한 척 재잘재잘 늘어놓았다.

때마침 직장인들의 모자 위로 한 송이 하얀 꽃처럼 이마를 드러내고 다리를 건너온 사람은 오모리에 사는 유명한 신극 배우였다. 무희인 네나미 부인과 팔짱을 끼고 한밤중에 돌아오는 일도 있어서 이웃집 아내도 낯익다. 옛 연적이 방금까지 친구 이상의 사이인 양 이야기한 그 사람이다.

"어머! 나카노 도키히코잖아." 이웃집 아내의 이 목소리에 튕겨지듯, 화장한 여자는 성큼성큼 개찰구로 가서 "나카노 씨죠? 당신을 기다렸어요. 연인처럼 제 우산을 받고 가줘요." 속삭이며 달라붙었다. 처음 만난 남자가 연인 배역의 배우였음은 그녀의 행복이다. 한쪽 손으로 휙 멋지게 펼친 우산에 남자의 어깨를 감추고 뒤돌아보며,

"먼저 가볼게" 하고 부인들의 우산 바다로 자랑스레 헤쳐 들어가버렸다.

머위밭의 한차례 바람처럼 역 앞 광장의 우산, 우산, 우산들이 화려한 한 쌍의 화장에 적의를 흩날렸다. 순식간에 조직된 정숙함, 즉 생활고의 십자군 ── 하지만 이웃집 아내 한 사람은 부인들의 그런 눈초리에 더불어 끼어들기에는 아직 화장의 승리에 취해 있었다. 그 사람은 인기 배우의 애인일지는 몰라도 아내가 아니다. 나는 인기 작가의 아내다. 이처럼 똑같은 화장이라도 변색하는 화장인 애인보다 피부색 화장인 아내를 자랑으로 여기는 그녀인 탓에 물론 남편에 대한 정숙함을 잊지 않는다. 한 우산을 받고 걸으며 남편에게 가을비 내리는 역의 싸움 이야기를 해야지. 그리고 오늘에야 옛사랑의 비밀을 털어놓고 울어야지. ── 화장의 행복에 취하는 방식도 그녀는 이런 식이었다. 그리고 적이 없어진 지금, 마음에 그림자 없이 남편을 기다릴 수 있었다.

그렇지만 화장의 행복은 높은 우듬지의 과실일까. 이웃집 아내는 그 적처럼 화장의 나무 타기에 익숙한 여자 곡예

사가 아니다. 적의 등에 업혀 소설가 부인이라는 과실을 쪼기는 했어도, 적은 부정不貞이라는 날갯짓 소리 드높게 우듬지를 날아가버렸다. 다시 누군가의 손을 빌리지 않으면 정숙한 십자군이 무리 지은 땅으로 내려갈 수 없다. 아무리 기다려도 남편은 도우러 와주지 않는다. 아내, 아내, 아내들은 제각기 남편, 남편, 남편들을 붙잡아 흩어져 가고, 정거장 벽이 폐허처럼 바래졌다. 줄기차게 쏟아지는 가을비에 눈꺼풀이 차갑게 굳어지고, 완전히 화장이 지워진 이웃집 아내는 심하게 허기졌다. 이렇게 되니 도리어 점점 역을 떠날 수 없게 되어, 도깨비 섬에 귀양 온 사람처럼 날카로운 신경으로 오로지 남편을 기다릴 뿐이었다.

그리고 다섯 시간 기다린 9시. 이웃집 아내가 그림자처럼 휘청휘청 빨려 들어간 개찰구에는 남편이 아닌 옛 연인 — 즉 적의 남편이었다. 후우, 하고 정신을 차리려는 힘보다도 그녀는 울컥 솟구치는 슬픔에 휩쓸렸다. 이제 막 감옥을 나온 듯 초라하고 지친 기색으로 두리번두리번 자신의 아내를 찾으며 돌계단을 내려오는 남자에게, 이웃집 아내는 아무 말 없이 남은 우산 하나를 받쳐주자 눈물이 뚝뚝 떨어졌다. 뭐가 뭔지 알 수 없었다.

그런데 소설가인 그는 무희인 아내가 돌아오지 않는 집 2층에서 가을비 내리는 한밤중까지 어두운 이웃집을 의심스레 바라보았다. 그리고 아무튼 밤의 남편, 남편, 남편들에게 주는 충고의 말을 떠올렸다.

"남편들이여! 비 내리는 오후에는 ─ 특히 가을비 내리는 초저녁에는 아내가 기다리는 역으로 서둘러 돌아가시오. 여심도 여자 우산처럼 딴 남자의 손에 넘어가지 않는다는 걸 나는 보증할 수 없으니까."

가난뱅이의 애인

레몬으로 화장하는 것이 그녀에겐 단 하나의 사치였다. 덕분에 그녀의 살결은 상큼한 향기를 머금은 듯 뽀얗고 매끄러웠다. 그녀는 레몬을 네 조각으로 잘라 그 한 조각으로 하루치 화장수를 짜냈다. 남은 세 조각은 잘린 표면에 얇은 종이를 붙여 소중히 보관해두었다. 레몬즙의 산뜻한 자극으로 살결을 진정시키지 않으면 그녀는 아침을 느낄 수 없었다. 남자의 눈을 피해 젖가슴이나 허벅지에 과일즙을 문질렀다. ─ 입맞춤을 하고 남자가 말한다.

"레몬. 당신은 레몬강을 헤엄쳐 온 아가씨로군. ─ 이봐, 레몬을 핥았더니 네이블오렌지가 먹고 싶어지는걸."

"네." 그녀는 5전짜리 백통전 하나를 들고 작은 네이블을 사러 간다. 그녀는 이제 목욕 후 달아오른 살결에 레몬을 느끼는 기쁨 따윈 단념해야만 한다. 백통전 하나와 레몬 향기 말고는, 그들의 집에는 아무것도 없다. 그리고 남자는 잔뜩 쌓아 올린 헌 잡지 더미를 책상 삼아 팔리지도 않고 더구나 쓸데없이 장황한 희곡을 쓰고 있다.

"이 연극의 1막은 말이야, 당신을 위해 레몬 숲으로 해줄게. 레몬 숲은 보지도 못했지만 귤밭이 노랗게 물든 풍경은 기이에서 본 적이 있지. 가을날 멋진 달밤엔 오사카 근방에서도 많은 사람이 구경하러 가곤 해. 달빛에 귤이 여우불처럼 듬성듬성 떠올라, 마치 꿈의 등불 바다 같아. 레몬은 귤보다 훨씬 더 밝은 노란색이니까. 훨씬 따스한 등불이니까. 무대에서도 그 느낌을 살리면……"

"그렇군요."

"재미없나 본데? ─ 하긴 난 그렇듯 밝고 남국적인 연극은 도저히 못 쓰지. 좀더 유명해져서 출세를 한 뒤라면 몰라도."

"사람은, 어째서 다들 출세해야 하는 건가요?"

"살아갈 수 없으니까. 하지만 내 출세도 이제 와선 기약하기 어렵지."

"출세 따위 필요 없어요. 출세 따위, 대체 무슨 쓸모가 있다고."

"흠, 그 점에서만은 당신도 참신한걸. 이를테면 요즘 학생들은 자신이 서 있는 토대를 원망하거나, 원망하지 않더라도 의심하고 있지. 그 토대를 무너뜨려야 하고 또한 무너진다는 걸 알고 있어. 입신출세라는 녀석은, 무너질 것임을 잘 알고 있는 이 토대 위에서 사다리를 오르는 거야. 높이 오르면 오를수록 위험해. 그걸 알면서도 주변 사람은 물론 그 자신으로부터도 이 사다리 오르기를 강요당하고 있어. 게다가 요즘 입신출세란 워낙 양심이란 게 없어. 그게 시대의 흐름이야. 가난하고 우중충한 나는, 또 하나의 그런 낡아 빠진 녀석이지. 가진 것 없어도 레몬처럼 밝은 자는 새롭도다."

"하지만 전 그저 가난뱅이의 애인일 뿐이에요. 남자들은 다들 출세만 하면 되고, 출세만 생각하시면 돼요. 그렇지만 여자는 ── 여자도 두 종류의 여자가 있을 뿐이죠. 가난뱅이의 애인과 부자의 애인이 있을 뿐이죠."

"과장하지 마."

"하지만 당신은 꼭 출세할 거예요. 진짜예요. 남자를 보는 제 눈은 운명의 신처럼 실수가 없거든요. 당연히 출세할 거예요."

"그리고 당신을 버리나?"

"틀림없이 그래요."

"그래서 내 출세를 가로막고 싶은 거로군."

"그렇지 않아요. 전 어느 누구의 출세도 기쁘게 받아들였어요. 나 자신은 출세라는 알이 부화하는 새 둥지 같은 거라고 생각하는 걸요."

"엉뚱한 소리 그만해. 예전 남자를 떠올리게 되는 건 기분 좋은 일이 아냐. 당신도 레몬으로 화장하는 것만은 귀족이야."

"어머, 무슨 말씀을. 레몬 하나가 10전이라고 해도 네 조각으로 나누면 2전 5린厘이에요. 전 하루 2전 5린짜리예요."

"그럼 당신이 죽으면 묘지에 레몬나무를 심어줄까?"

"그래요, 전 자주 상상해보곤 해요. 내가 죽은들 비석도 없이 초라한 나무판자 하나가 달랑 세워지겠지만, 제 묘지엔 멋진 모닝코트 차림에 자가용을 타고 온 훌륭한 사람들이 찾아올 거라고."

"훌륭한 남자들 이야긴 그만해. 출세의 유령은 내쫓아버려."

"하지만 당신도 이제 곧 출세할 거예요."

그녀가 말한 대로 그녀의 운명 같은 신념에는 흔들림이 없는 모양이다. 신통하게도 남자를 보는 그녀의 눈은 운명의 신처럼 실수가 없었다. 따라서 그녀는 입신출세를 할 재능이 없는 남자를 애인으로 삼은 적은 없었다. 그녀의 첫번째 애인이었던 사촌한테는 그녀 말고 또 다른 부잣집 사촌 약혼녀가 있었다. 부잣집 아가씨를 버린 그와 그녀는 하숙집 2층에서 낡은 기모노처럼 가난했다. 대학을 졸업한 그해 그는 외교관 시험을 3등으로 통과해 로마 대사관에 가게 되었다. 부잣집 사촌의 아버지가 머리를 조아렸다. 그녀는 물러났다. 두번째 애인인 가난한 의대생은 그녀를 버리고 병원 건축 비용과 결혼했다. 세번째 애인인 가난한 라디오 장수는, 그녀의 귀 생김새 탓에 돈이 도망간다면서 뒷골목에 있던 가게를 큰길 번화가로 옮기고 말았다. 큰길에는 첩의 집이 있었다. 그녀는 그의 가난뱅이 시절과 함께 뒷골목에 남겨지고 말았다. 네번째 애인은 ──. 다섯번째 애인은 ──.

그녀의 애인인 가난한 극작가도, 그의 집으로 급진적인 사회과학 연구자들이 뻔질나게 드나들게 되면서부터 장편 희곡을 드디어 완성했다. 그녀와 약속한 대로 레몬 숲을 쓰기는 썼다. 하지만 그는 현실 사회에서 밝은 레몬 숲을 발견할 수가 없었다. 레몬 숲은 에필로그였다. 그가 말한 토대가 완전히 뒤집힌 후에 이상 세계의 남녀가 함께 이야기하는 에필로그가 레몬 숲이었다. 그런데 그는 이 연극 때문에 어느 신극단의 잘나가는 여배우와 사랑에 빠졌다. 으레 그렇듯 레몬 여자는 물러났다. 그녀의 예상대로 그 역시 출세를 했다. 사다리를 오른 것이다.

그녀의 다음 애인은 극작가의 집으로 이따금 찾아와 고래고래 소리를 질러대던 직공이었다. 그러나, 정말로, 그러나 그녀가 신에게 부여받은 남자를 보는 감각이 마침내 둔해지고 만 것일까. 이 남자는 출세하지 못했다. 출세는커녕 선동가인 탓에 직장을 잃었다. 그녀도 남자를 보는 감각을 잃고 말았다. 그것은 그녀에게 살아가는 감각이었다. 그녀는 이제 끝났다. 그녀는 출세에 지친 것일까. 아니면 뭔가 의미 깊은 착각을 한 것일까.

그녀의 장례식 날, 극작가의 연극은 화려하게 무대에 올려졌다. 주역을 맡은 새 애인의 대사에서 그는 레몬 애인의 입버릇을 느꼈다. 눈부신 성공으로 연극이 끝남과 동시에 그는 에필로그 무대 위의 레몬을 죄다 모아 자가용에 싣고, 서둘러 가난뱅이 애인의 묘지로 향했다. 그런데 그녀의 나무판자 묘비 앞에는 누가 올렸는지 보름달을 층층이 쌓아 올린 듯 환한 레몬 등불이 켜져 있었다.

"이런 곳에도 레몬 숲이 있었던가?"